誰幫我們撐住天空

小野──著

〈寫在前面〉

在劇烈變動中，與人生的初衷重逢

聽說臺北正下著雨，許多景物、很多人的心情深陷陰霾。我又暫時離開自己住了大半輩子的城市，這樣的距離和時空瞬間變幻，往往可以將自己的身世和人生，看得更真確一些。

此刻，我正在有陽光也有風的城市中旅行，陽光溫暖而不炙烈，風涼爽而不寒冷，倒是花粉濃密到讓人直打噴嚏，被迫要戴上口罩。

在異國旅行，偶爾和曾經到過的驛站內的小餐廳再次相逢，發現連牆上畫的壁畫都沒有改變。或是看到路旁的銀杏樹在秋天時一片金黃色，春天來了便換了裝，嫩綠綠生氣盎然。

就像是那年深秋走過的名牌服飾店櫥窗森冷雪白的太空裝，如今春末一系列橘色泳裝都提前問世了。幾年前到過，卻正在整修的私人美術館，如今再度相遇，終於可以進去好好混了一整個黃金色的午後，看到上千年歷史的各國文物、繪畫或器皿，像是在黑暗中和某個古代人的魂魄相遇。

這些異國的旅行，和某一景物的久別重逢，看似人生旅途的偶然，彷彿冥冥中也是一種必然。世界何其大，生命何其匆匆，每次重逢時的變與不變，都會帶給我不同的幸福感。變，是一種豐富，不變，是一種懷舊，甚至永恆。

二〇一二年的夏天，我在四、五年未出版新書後，因緣際會出版了《有些事，這些年我才懂》，像是企圖與過去的讀者們來場久別重逢。熟識的讀者朋友們，或許在這趟閱讀之旅中看見了我生命中的變與不變，相似的故事經過歲月的淘洗，有了新的發現和領悟，掏心掏肺地想告訴讀者。

最意外的是，我因此和年輕世代的讀者們相遇了。在四十年的創作經驗中，每次的讀者都是那個時代的青少年，早已不再年輕氣盛的我，終於認識了三個世代的讀者。

二〇一三年夏天，我又完成了《世界雖然殘酷，我們還是……》，內容更朝著兩極發展，一極是歷經人世滄桑回顧成長後的頓悟和覺醒，另一極是企圖更了解年輕世代所面臨的未來世界。

在無情歲月的催逼下，我每次伏案書寫時，皆用盡所有的力氣，如春蠶吐絲，非到最後一刻絕不罷休。那次的寫作如世界末日後的重生，死過一次又復活的深刻體驗。

如果前一本是藉由探索自我，航向內心，那麼第二本便是探索世界，航向遠方，看到了下一個新的世代。這樣的過程，像是習武之人的前兩個階段，先看見自己，再看見世界。習武最後的完成階段，便是謙虛卑微的向眾生學習。於是我在二〇一四年夏天寫了《誰幫我們撐住天空》這本新書。

對我而言，這次在創作上該是要打通任督兩脈的最後困頓階段了，卻因爲外在環境激烈的變動，深深撼動著我的內心，我忽然欲罷不能地往下瘋狂寫著，再也沒有春蠶吐絲的痛苦，反而像踩著風火輪前行的哪吒。

而且，這次不再孤獨前行如悲劇英雄，反而成了和志同道合的同志們前進的朝聖者之一，我只是追隨者，追隨著比我勇敢的人們前進。

我向眾人展現脆弱、無助和無奈的一面，在眾人之前、大雨之下放聲痛快哭泣。我不再佯裝成無敵英雄。我相信人與人是平等的，是要相互扶持、鼓舞的。從小自以爲可以替別人撐起一片天的我，回想起來，其實有太多人在爲我和我們撐起天空，過去如此，現在也如此。終於完全自由自在了。我覺得自己又重返年輕的身心狀態，而且是更溫柔、堅定的，不需要刻意武裝自己。

走在異國的街道，看到兩個年輕人，我確定他們和我來自同一個城市。他們身上印著「自己的國家自己救」，因爲那兒剛剛才發生劇烈的改變。兩個年輕人走在異國的大街上輕鬆地拍著照。

該是回家的時候了，用一種年輕時的初心、初衷，和大家一起撐起屬於我們自己的天空。記得，是我們。

小野寫於二〇一四年初夏的旅行途中

〈序〉

群衆是不存在的，除非他們聽到了彼此的歌聲

南下的高鐵飛快前進，坐在車廂內的我卻渾然不覺。

我喜歡搭任何交通工具，因爲我喜歡那種等待的過程。享受這樣有點像是人生旅程般的象徵，胡思亂想或發呆都是一種休息。

我隨手拿起那本薄薄的高鐵雜誌，巧的是這一期介紹「千里步道」運動的執行長周聖心，於是我仔細地讀了起來，讀這八年來千里步道運動對臺灣人在思想上的改變。

我在二〇〇六年接受黃武雄老師之邀，和荒野協會的創辦人徐仁修先生共同發起了這個重建臺灣大地倫理的運動，已經走了八年了。

二〇〇六這一年，倒扁的紅衫軍走上街頭，人民開始對政黨輪替幻滅，焦慮和憤怒催化了臺灣社會的公民意識，也造成後來這八年來一波又一波關心社會議題的公民運動的興起。今年爲了抗議草率通過服貿協定，學生和公民團體聯手占領立法院二十四天的太陽花運動，和爲了停建核四，林義雄在當年林宅血案發生地義光教會無限期禁食，所引起社會各團體的關心和聲援，是這一波波公民運動的能量大爆發。

去年就已經答應這個組織龐大的宗教團體所主辦的演講，但我來得似乎不太是時候。

很多人都清楚我這些年對公民運動的立場和態度，我本身就是其中一些運動的發起人或參與者，而且常常參加靜坐、遊行、寫文章或在肥皀箱上做短講。因此在演講前，主辦人便提醒我，不要談服貿和核四，因爲要考慮臺下的民眾和他們的立場。我笑著說，你們放心，我尊重你們，也尊重聽眾，我今天只談親情，說親子之間的「了解」和「和解」的故事。

曾經有人稱讚臺灣的社會之所以可愛、善良，和臺灣擁有完全的宗教自由有關，而且幾個民間龐大的宗教組織，在救災救難上也常常表現得比政府還積極有效率。也因爲他們的組織和動員力越來越強大，成了穩定社會的一股力量。但是，當公民運動的議題出現了一些和某些宗教團體的基本教義、核心價值，甚至利益上的衝突時，那就表示臺灣社會即將在衝突和挑戰中，邁向另一個新的社會。

應無所住而生其心

當我進場時，臺下近千名聽眾全體起立，雙手合十。

臺上放了一張寬大的椅子和一張桌子，如果我坐著開講，眞的很像是大師在「開示」，那會讓我很不自在。在過去的經驗中，我總是放棄座椅，站在更靠聽眾的地方，一口氣講完我的故事。

我是一個創作者，我知道我最擅長的便是用寫和說，慢慢引導讀者和聽眾進入我的故事中，各取所需。我自認爲自己的生命毫無章法，也說不出什麼人生大道理來，甚至是個失敗者。但是，我能夠用一本書或是說一段故事來陪伴許多陌生人。這樣的工作，我已經做了四十年，而且，越來越熟練。

這場演講我破例坐著講，因爲從春天，或是從去年以來的焦慮、奔波，此刻的我，竟然有一種累得站不起來的疲倦。我終於坐著說故事。

我想起《金剛經》裡最著名的那句「應無所住而生其心」，我想說的故事，就是從小篤信佛教的媽媽，這看似平淡平凡甚至卑微的生命態度對家人的影響，她的一言一行都在追求《金剛經》裡的這句名言。這一天，正好是媽媽離開人間滿五年的日子，我決定用這一場演講來紀念她。

我從一個非常奇特的經驗說起，我說自從媽媽走後，我就睡在她生前躺過的木板床上，用著她小得只能擺一部電腦的小木桌，和老人用的大藤椅。我用五年的時間像是守靈一般地生活和工作著，想著從小就歷經戰火浩劫的媽媽那種不執著於任何形式和成見所生成的慈悲、智慧和堅忍的心，不只對家人，也對鄰居朋友，甚至陌生人。她用這樣的人生態度默默陪伴著充滿執念和仇恨的爸爸，讓這個懷才不遇的男人，可以用畫觀音像來安頓自己躁熱暴烈的心。

我也在這場演講中眞誠的懺悔自己長久以來，用反抗的心情面對那個影響我最深最多的男人，甚至一次又一次在公開演講中對他冷嘲熱諷，尋求自我的療癒。

我從自己一本小學時代的閱讀筆記中找到了與爸爸的和解，想通了忍耐和壓抑的分別。其實，爸爸是一個渾然天成的教育家，他用自己獨特的方式培養了我們忍耐的能力，這種能力是有力量的。活在那樣貧困窮苦而殘酷的年代，生存成了唯一人生目標，他還能用盡全力來教育五個子女，已經非常了不起。我不應該用自己現在比他優渥太多的環境，無休無止批判他。我甚至覺得自己不如他溫柔。

我強忍著好幾次快溢出的熱淚，說著自己新領悟、新發現的舊故事，望著臺下不同世代的聽眾，看到不少人正在流著眼淚。

彷彿是傳遞起義的訊息

在全場民眾起立鼓掌歡送下，我匆匆的揮手走出會場。忽然一個年輕的女生從人群中走了出來，遞了一封信給我，我微笑收下，隨手塞進背包裡。

我已經趕不上預定的這班車了，心情有點急，有點慌，因爲在臺北正有一場「終結核四，還權於民」的凱道靜坐活動，我的夥伴們已經在現場靜坐好久。我們這群來自電影和文化界的夥伴們，因爲一年多前的「不要核四．五六運動」而聚集，不斷有志同道合的志工們加入，每週五下午六點的反核四活動已經持續進行了一年多，這段時間也成了其他公民運動的平臺，聲援過不少大大小小的抗爭活動，夥伴們也因此凝聚了很多經驗和力量。

我錯過了原來的班次，下一班只能坐自由座。我在最前面的一節車箱最前排靠窗的位子坐定，終於大大地鬆了一口氣。因爲疲累，我的左後腦杓開始隱隱抽痛。我忍不住點了一杯不該點的咖啡，通常過了中午再喝咖啡容易失眠，但是就是想提起精神。

我取出了那封信。在過往的經驗中，常常有這樣的讀者信，告訴我說，小時候讀我的書，沒有想到能在這樣的場合相遇。我想，應該是類似的信吧？

打開信，掉出兩張太陽花的貼紙，信的內容和過去收到的完全不一樣。年輕的女生竟然是個中學老師。她的信大意是說，雖然此刻她不在凱道或自由廣場，但是她的同事、朋友、學生家長們也都在四處奔走，找更多人連署，希望能阻止核四運轉，使這片土地免於核災的威脅，未達訴求，永不放棄。

她在信上謝謝我長久以來對公共議題的關心，激勵了很多人對自己深愛的島嶼多做點什麼。貼紙是她的學生們在太陽花運動期間設計的，她將這些貼紙送給在立法院前認識的朋友，也想送給我。

中學生的貼紙上寫著：「在守晚之後，還有一群人幫我們撐住天空。謝謝你，太陽花。」

我看著這封信和貼紙，像是從人群中收到革命黨員間傳遞「今晚要起義」的秘密訊息。

我喝了一口熱騰騰的咖啡，忍了一整晚的眼淚，終於流了下來。

當我們漸漸走近彼此

媽媽離開人世滿五年了。她就像黑暗林道中未消失的螢火蟲的微光，引導著我走入黑暗林道的盡頭。螢火蟲的微光引領我往山裡爬，我小心翼翼走在山路上，沒有月亮的夜晚，樹林間傳來各種生物的叫聲。我靜靜傾聽著自己內心深處傳來的聲音，那是一個來自八歲小孩子的聲音。

那個小孩在八歲時就對生命懷著巨大的恐懼和疑惑，於是他曾經想自殺。八歲那一年，他親眼見到失意的爸爸在酒醉後拿著菜刀說要出門殺人，後來他撿起了那把沒有殺人的菜刀，在油膩黑暗的廚房中渾身發抖。八歲那一年，思鄉過度的祖母瘋了，他陪伴著祖母活在她自己想像的世界裡，虛構著不存在的兩個情人的故事……

八歲的他，注定會成爲一個透過寫作進行自我療傷的作家，因爲那個八歲的他，不相信這個世界上有人眞正了解他。我在黑暗的山林中傾聽著八歲孩子微弱的歌聲，我正在尋找他，那是我被封存在內心深處的兒童。

在未來的人生旅途中，我要放慢腳步，不再慌慌張張，學習獨處的自在和快樂，也學習向別人示弱，不再以爲拿著菜刀可以拯救世界。

我要誠實的面對那個悲傷、恐懼又憤怒的八歲孩子，一個眞實的自己。

我走在黑暗的林間，尋找八歲的小孩。許多人和我一樣，在黑暗中尋找自己。他們聽到了彼此的歌聲，於是他們漸漸互相走近，彼此安慰，彼此取暖。我們稱他們爲群眾。

目錄

輯一

他們眞正想抵抗的是冷漠、黑暗和滅亡。
柯一正說，如果沒有人參加，他一個人也要站在廣場上。
我告訴他，你永遠不會只有一個人，因爲這不是你一個人的事。

輯二

就算選錯，人生也不會毀了。選擇本身沒有什麼對錯或好壞。
就算因此吃了虧，繞了一大圈走錯路，也許還是能到達「對」的站。
每個選擇都是有意義的，都使你們成爲「今天的你們」。

輯三

我們的內心深處住著一個小孩，帶著出生以來的所有記憶，所有的痛苦和悲傷，化作了潛意識。

當我們凝視著孩子們時，彷彿正凝視著我們早已遺忘的自己……

輯四

去體會衡量世界上各種人事物對你的重要性在哪裡，
尋找在隨波逐流的人生中，不斷能抓到的浮木和曬到的陽光。
相似的人總是會相遇、相聚，然後共同走一段人生的道路，不管多短或多長。

重啟談判

輯一

他們眞正想抵抗的是冷漠、黑暗和滅亡。
柯一正說，如果沒有人參加，他一個人也要站在廣場上。
我告訴他，你永遠不會只有一個人，因爲這不是你一個人的事。

勝利凱旋的列車——一場由電影人啓動的公民運動

KANO的莒光號列車

一大早，我跟著電影《KANO》的大隊人馬，搭著莒光號去嘉義，說是要重現嘉農勝利凱旋回家鄉的路線，還要在嘉義遊行，然後晚上在棒球場舉行露天首映會。

就在出發前一天，魏德聖導演也趕來參加一場由我策畫的，在誠品戲院即將要開始爲期一個月的「傳承×創新」臺灣電影影展記者會，正忙著推動公民運動的柯一正和戴立忍導演也都來相挺。

臺灣電影人眞的很忙，忙著寫劇本、找資金，忙著拍片，還要忙著情義相挺，更不忘記將自己推到最前線，號召一場又一場的公民運動。

當二〇一三年年底紀錄片《看見臺灣》票房近新臺幣兩億時，我和幾個朋友聊起這個現象。

有人說，這可能和近幾年興起的公民運動有關，有人說，這反映了臺灣人並沒有集體冷漠和沉淪，臺灣人對自己所賴以生存的土地存著強大的焦慮，這些焦慮源自於對土地的依戀和關愛，因爲我們退無死所。這也是臺灣紀錄片竟然能在院線存活的奇蹟，因爲近幾年的紀錄片，都記錄著發生在這個時空的動人故事，鼓舞著充滿挫敗感的臺灣人。

不過這並不表示臺灣電影的工業已經復活了，因爲至今尚未有像過去年產兩百部國片，有兩條國片院線穩定放映的狀態，更有不少國片在這一波波投入市場中票房慘賠。有朋友甚至開玩笑說，臺灣電影沒有行銷，只剩「直銷」，像包場，像朋友們互相支持大量預購電影票等。但也就是在如此艱困的市場環境中，還能有許多充滿理想性的導演，沒有放棄挫敗的痛苦，堅持下去，才更令人感佩。

有個日本製片來臺灣尋找資金，她說日本的電影界已經不可能有另類電影的可能了。她很羨慕臺灣的電影人。

今年正在上片的，或正要上片的，或正在拍攝的、籌備中的臺灣電影，果然有一種和公民運動互相鼓舞的情勢。有的呈現臺灣過去某段被人遺忘的歷史，例如《大稻埕》和《KANO》，有的呈現臺灣社會的重大議題，例如《白米炸彈客》和描寫莫拉克風災的《山豬溫泉》，還有不只一部以臺東爲背景，間接或直接觸碰到美麗灣現場的電影。

臺灣電影需要嘗試各種不同的類型，也不能不顧到娛樂和市場。但是當公民運動和這一類臺灣電影的方向一致時，就形成一股強大的力量，這類型的電影就能被觀眾接受而繼續生存下來。

幸好，我們還有電影。我們可以用電影重返臺灣歷史的現場，重新激發對歷史眞相的探索、反省和追憶，讓失憶的臺灣人找回自己的身分和國族認同。幸好，我們還有電影，我們可以用電影記錄、重現曾經或正發生在我們社會每個角落赤裸裸、血淋淋的不公不義，不會隨著無情的時間而被漠視。

幸好，我們還有電影，我們可以用電影抵抗人們對歷史的遺忘和對社會的冷漠。

搭乘這班《KANO》莒光號南下嘉義的，大部分都是年輕人，每個人臉上都洋溢著亢奮，想像著在一九三一年的日治時代，從日本甲子園勝利凱旋的那群高中生的快樂心情。

和我一起參加的同輩朋友很少，我只遇到杜篤之、舒國治、余爲彥等，於是我們很自然的就坐在一起，一路聊著過去和現在的臺灣電影。爲《KANO》做音效的杜篤之是我們之中唯一看過《KANO》的人，他豎起了大姆指只說了一個字：屌。就一個字。

要他豎起大姆指很不容易，他可是陪伴著三十年前那些臺灣電影大師級的導演一路攀上了最高峰，又扶持著在電影黑暗期付不出什麼費用的年輕導演完成許多小型作品的人。

然後，他又說，有幾個片段一定「中」！「屌」，代表的是影片的品質，包括藝術、誠懇、認眞。「中」，代表的是感動、娛樂、商業、市場、票房。魏德聖是從二〇〇八年用《海角七號》吹起國片復興號角之後，少數能維持杜篤之口中「又屌又中的」電影人，而且，他也已經漸漸成了氣候，有了自己的班底，可以扶持像《KANO》的導演馬志翔這樣有才華的年輕電影人了。

在這之前，他只想拍電影，但是和其他年輕的電影人一樣遇到國片的蕭條黑暗期，他試著先跟別人拍電視，滿腔熱血的他發現那不是他想要的。於是他試著拍電影短片，他拍的短片《夕顏》《對話三部曲》和《黎明之前》都得過金穗獎，但是他拍的十六釐米劇情短片《七月天》卻在第二屆臺北電影節落選。他很不服氣，朋友說，因爲你的名字取壞了，魏德聖，未得勝。

那一屆我正好是電影節的主席，陳國富是執行長，據說他曾向陳國富表達不服氣，但是陳國富表示尊重評審團。不過陳國富因此一度鼓勵他接手拍哥倫比亞投資的《雙瞳》，但他自認爲還沒準備好直接當上大片的導演，只答應當副導演。過程中也結識了後來的合作夥伴黃志明。

其實回頭看《七月天》，訴說的是一種青春的躁動、狂暴和絕望，可以看到魏德聖後來爆發的能量在蠢蠢欲動。

在這之前，他跟過楊德昌拍《麻將》，那是楊德昌最失意的時候。當時和楊德昌一起尋找資金的製片余爲彥，在這班南下嘉義的火車上提到「小魏」的口吻，就像黑道大哥提起一個剛剛加入幫派、沒有混過的小弟那樣。他說劇組有個年輕人說他的朋友想來跟戲，於是大哥就說可以啊，來試試看。

當時那個「幫派」其實正缺錢也缺人手，一些想跟的小弟受不了幫主的壞脾氣，跟了一陣子後發現沒有什麼前途，也沒有什麼地盤，紛紛走人。

這個叫做小魏的年輕人和別人很不一樣，他肯拚肯做，默默不吭聲，從當大導演的司機、掃水溝，到搬運道具的工人，他什麼都做。因為其他人一個個出走，只剩小魏不離不棄的追隨著脾氣火爆的大導演，於是他從道具、助導升上了副導演，終於貼近了楊德昌。

他拿出自己寫的劇本給楊德昌看，楊德昌看了幾場後說，文字可以再有空間和想像力一點，這樣才不會把自己的「可能」壓縮掉。簡單幾句話，小魏學到了寫劇本的秘訣。

余為彥聊起小魏，也是簡單俐落的結論：「因為小魏眞的相信他在做的事情。」

這句話的反面是，**許多人其實並不眞的相信他在做的事，所以只能靠虛張聲勢、靠行銷包裝、靠作品之外的其他東西來加強自己**。魏德聖只相信電影作品本身。他雖然未得勝，但是不想輸。

他真的相信他在做的事情

魏德聖想拍電影，他眞的「相信」電影，他也眞的「相信」他想拍的那些電影。他不斷看書，尋找感動他的臺灣歷史故事。

他想拍被臺灣人淡忘的霧社事件，他想拍沒有太多臺灣人知道的嘉農棒球隊在日本甲子園得勝的故事，他想拍王家祥的小說，以臺灣大航海時代爲背景的《倒風內海》。但是他更知道，如果沒有票房和市場來證明，他無法完成這些史詩般的大製作。於是他先拍比較有市場勝算的《海角七號》，結果他獲得空前的勝利。

有人說，這部電影的故事很一般，就是幾個不起眼的小人物、失敗者，最後終於成功的勵志的故事。有人說，這部電影是在緬懷日治時代，所以成功。

其實我在試片間看《海角七號》時忍不住眼淚直流，不是因爲那些賺人眼淚的橋段、劇情或現代人愛說的「梗」，我看到的是魏德聖這個已經不太年輕的新導演，一個眞正的電影人誕生了。眞正的。因爲太多的電影人是假的、冒充的、投機的、玩票的，我做過電影，我可以一眼分辨眞假。

我當時並不那樣看好這部電影的票房，因爲當時的大環境是經濟大崩壞，加上臺灣電影票房長期不振。我只是看到了這個非常不一樣的電影人的誕生。

其實我並不知道，那正是臺灣電影又要重新開始的契機。雖然我缺席了很久，但是熱情尚在，所以我哭了。

《賽德克巴萊》則選擇在總統府前廣場，辦了一場史無前例的首映會，我也欣然參加了。

坐在總統府前反貪腐廣場臨時搭建的觀眾席上，我知道，那是我們人民每逢抗爭必到、必席地而坐、必吶喊的聖地。我心裡很清楚，魏德聖正在做一場公民運動，他正在努力爲臺灣的歷史眞相完成拼圖的大工程，他用電影來呈現和教科書不一樣的歷史觀。

後來在那一年的金馬獎評審會上，雖然《賽德克巴萊》在每一份名單都落了空，因爲評審們可以說出這部電影許許多多的瑕疵，例如人物性格不夠清楚、劇情前後有些不連續，戰爭場面太冗長，動畫太粗糙。

都對。都對。我心裡吶喊著，你們說的都對，但是，魏德聖能做到的，很少人能做到！這才是重點。

在最佳劇情片投票前，韓國的大導演，也是前文化部長李滄東要求讓他再替這部電影辯護一次。他一直爲這部電影辯護，雖然他拍的電影是在國際影展得大獎的藝術電影，但是他語重心長的說，電影是工業，要有市場，電影一定要先有市場才能支撐電影工業，有了電影工業才能有藝術電影的空間。

他說他本人拍不出這樣的電影，他在這部電影中看到做爲電影人驚人的意志力，雖然說不上完美，但是，太令人佩服了。他說他反正評審完就要離開臺灣，他不在乎別人如何評斷他說的。我後來也跟進，有點激動的說了一段話，其實當時的評審們幾乎都準備將最佳影片投給《賽德克巴萊》，大家的認知都差不多。

在「傳承×創新」臺灣電影影展的記者會上，記者能發問的還是：「請問導演，《KANO》會破幾億?」魏德聖冷冷地回答說：「我怎麼知道?來看電影吧！」

那屌屌的口氣，眞有點他的師傅楊德昌的味道了。因爲他知道，他這部電影一定會

「中」的。

光是看他那樣認眞的將球場的黑土弄得如此眞實可信，每一球投出去的聲音是那樣的隆重，每一棒揮出去像是搏命般地用力，像是宣洩，更像是反抗，那正代表了他的信仰。他相信他拍的電影，臺灣人也相信，那就是一種臺灣人共同的民族情感和自我認同。

在一代又一代的文化斷裂和政權更迭中，對內追尋自我認同、對外尋找生存之路，在自卑中揉合著自信，兇猛剽悍中難免有些許感傷。雖然未得勝，但，就是不想輸。

他想表現的，就是臺灣人共同的身世和命運。

《海角七號》成功的前一年，魏德聖的師傅楊德昌導演走了。魏德聖去美國時找到楊德昌安葬的墓園，面對著小小的一塊墓碑，喃喃的訴說自己已經拍了一叫做《海角七號》的電影，很想和他分享。

這一晃就是七年了。在「傳承×創新」的記者會上，柯一正不斷提起楊德昌這個朋友，他說就是因爲楊德昌的出現，才改變了當時許多電影人對電影的觀念。記者們顯然對這樣的話題並不感興趣，反而想問柯一正一些關於反核或是其他的社會議題。

這些年，柯一正雖然淡出了電影圈，但是卻身體力行，用持續不斷的行動，繼續他對社會不公不義的抵抗，其實我知道，這是同一件事情，拍電影、寫作、公民運動，都是一種抵抗的行爲。

謎樣的帥哥，單純的志氣

如果你在柯一正年輕的時候就認識他，一定很難想像在三十多年後，那個總在節目進行到最後時，站上「不要核四．五六運動」的肥皀箱，義憤塡膺、侃侃而談的運動精神領袖，會是柯一正。

年輕時的柯一正很少高談闊論，對政治人物或公共事務往往搞不太清楚，常常投完票出來和朋友聊起，才發現自己投了廢票。

可能他年輕時想做的事情不是這些聽起來很瑣碎無聊的事，他也總是迷迷糊糊、獨來獨往的，大家明明住在屋子裡，他卻一個人要睡在車子裡，有時候還化裝成老人讓大家認不出來。

他是一個謎樣的帥哥。也可能因爲人長得很英俊，男人女人都太容易迷戀上他，許多人喜歡找他演戲、共事或談戀愛，他光是應付這些大大小小的事情，已經耗費他太多時間。

我們曾經共組一家工作室，我親耳聽到他在工作室旁的咖啡廳，勸一個哭哭啼啼的女孩不要愛上他。後來大家要糗他時就當成笑話來說，加油添醋地命名爲「請你不要愛上我」。說來說去，三十年就輕輕的過去了。

我們這群從年輕就混在一起工作玩耍的朋友們之間還有許多笑話。其中有個笑話是吳念眞說的，他說他最嫉妒兩個人，一個是柯一正，另一個是詹宏志。朋友們約會時，任何人遲到，都會充滿罪惡感地滿口道歉，只有這兩個傢伙遲到，不但不必說抱歉，所有人還得滿心歡喜地起立歡迎，甚至感激涕零地說，啊，你終於來了，謝謝謝謝。因爲柯一正很糊塗，難得會記得約會時間。詹宏志很忙碌，能來參加就很不容易了，說起話來充滿洞察力，閃爍著智慧。

不過，現在的吳念眞不再說這樣的笑話了，因爲他知道，那個令人嫉妒的人輪到他自己了。不管到那裡，都有粉絲要和他合照，他幾乎來者不拒，不是因爲仁慈，而是因爲他等這一天等很久了。

臺灣新電影浪潮有多少年，我就認識柯一正有多久。

電影史上定義爲臺灣新電影踏出第一大步的電影《光陰的故事》的四個年輕導演，除了楊德昌、張毅、陶德辰，還有柯一正。《光陰的故事》是一次美麗的錯誤，就像辛亥革命不小心放了一槍就起義了，而且竟然就成功了。

當時的老闆想利用製片廠的電動猩猩拍成一部侏羅紀公園。我們藉機只用四百多萬預算找了四個年輕人，完成了各自的夢想。那隻猩猩只出現在其中一段的幾秒鐘夢境中。整個過程就像是四個小頑童開了大人一個玩笑。

柯一正拍了由李國修主演的《跳蛙》，其實已經明嘲暗諷當時的教育和政治了。當我們找來四個年輕導演分配四段故事時，柯一正笑著說，你們先挑，剩下的給我。我們因電影而結識，我也和他合作過好幾部電影，他和我一起討論電影劇本，但是從來不掛名編劇，所以得獎都是我在得。或許，就是他這種不和朋友斤斤計較的個性，使他的朋友越來越多。

臺灣新電影浪潮告一個段落後，我和他，加上一個吳念眞，三人合開過一家影視製作公司，因爲五月份開張，所以就叫做「五月」。

這家公司的員工都是追隨柯一正的學生們，那一刻我才發現柯一正最嚮往的事情便是有自己的「革命基地」，他喜歡自己親手製作大桌子、椅子，自己親自下廚做菜請追隨他的夥伴們吃。那才是他人生中一再追尋的目標。

這家公司開得有點匆促，是當時中華電視臺的武士嵩總經理先借錢給我們開的，他希望能網羅我們幾個人爲華視拍八點檔連續劇。可是我們似乎對電視臺環境適應不良，於是決定將五月公司留給柯一正一個人來經營。

後來他重組公司改名藍月，逐漸在廣告界打響了名號，吳念眞則繼續完成他未竟的電影夢，當電影導演也拍商業廣告，只有我回到家庭，選擇了半退隱的生活，在家工作、寫作兼陪孩子長大。每當朋友們聚會時我都缺席。記得有一次朋友們已經來到我家隔壁的卡拉ＯＫ要我出來，我說太晚了，我要陪家人，要睡了。吳念眞在電話那頭生氣地哇哇叫說，那以後哥兒們有好玩的就不通知你了。於是，我有好長一段時間和他們疏於往來。

十年後，我復出上班，在臺視當節目部經理，想到了這些個個身懷武功的朋友們，或許可以協助我打一場聖戰。

結果柯一正替臺視拍了臺灣第一部女同志迷你連續劇《逆女》，叫好叫座，也爲他個人拿下當年金鐘獎最佳影片和最佳導演。王小棣導演還打電話給我說，她好開心，因爲柯一正越拍越好，她說，這就對了，我們這一代的人就是要做榜樣，要越拍越進步，而不是退步，這是一種志氣。

一九九二年成立的紙風車基金會由柯一正擔任董事長，這個當初爲了做兒童劇團成立的基金會，漸漸又將我們這些在年輕時就想用電影革命的朋友們聚在一起了。我們想做的事情很多。

你不會只有一個人，因為這不是你一個人的事

到了二〇〇六年，政黨輪替已經六年了，國家社會不但沒有見起色，反而發生了阿扁貪瀆事件，紅衫軍上街頭，社會陷入族群互相仇恨，國家認同分裂。

這一年對我們打擊更大的是柯一正生病了，在一次健康檢查後證實罹患了大腸癌，朋友們都哭了。就在這樣的絕望氣氛中，柯一正反而笑嘻嘻地安慰大家說，他生命中發生過好幾次差點送命的意外，所以抱著每一天都是撿來的這種心情過日子。

也就是在這樣的心情下，有了三一九兒童藝術工程下鄉的計畫。我正在公共化的華視當總經理，能幫上忙的部分就是在新聞節目中持續報導這個不依賴政府補助，完全從

民間募款的壯舉。原來計畫用十年完成的計畫，因為民間熱烈的反應，縮短了一半。這五年時間，柯一正常常跟著下鄉，一次在離島演出時，他還差點被大火灼傷。他克服了病魔的糾纏，又成了滿面紅光的老帥哥。

政黨再度輪替了，馬英九帶領著已經在野八年的國民黨重新執政。在日本三一一核災之後，因為馬英九說了一句臺灣沒有人在反核，又激起老頑童柯一正的鬥志，和他的學生吳乙峰想出了「我是人，我反核」這樣的口號，決定在最短時間內號召能連繫到的電影人和作家，在總統府和臺北車站等地一起躺成一個人字，並且高喊口號，這句話成了後來反核運動中最朗朗上口的口號之一。

警察局以違反公共安全之名要柯一正、駱以軍等人到警察局接受調查，激發了藝文界和電影界友人的憤怒，揚言要一起去警察局門口排一個更大的人字，這件事就在長官交代下沒有下文了。

我在這樣的氣氛中傳了一則簡訊給柯一正，表示我會挺他到底。他回了我一則簡訊說，這件事我跑不掉。意思是要拚就一起拚，發揮我們曾經有過的革命情感。

我想改變世界的熱情再度被召喚，一發不可收拾。

於是就有了二〇一三年三月九日破紀錄的全臺二十萬人反核大遊行，當天晚上電影人在守夜的帳篷內做出了更驚人的決定，要在大遊行結束後短短一星期，開始每週五晚上定點定時在中正紀念堂自由廣場下進行「不要核四．五六運動」。

我們靠著許多朋友的幫忙，訂做了十二個反核肥皂箱，用反核操、反核拳、演講、音樂表演來持續反核四的理念。這個活動的重要精神就是志工的召募、公民論壇和滾雪球的活動，我們經過了藍綠爭奪政權的惡鬥和綁架，不再相信這兩個政黨，也不再相信英雄。我們相信每個人都可以是英雄，重要的是大多數國民的文化、政治素質提高，大多數人的人格提升，大多數人對公共事務的關心和覺醒。

我們沒有想到，原本只是爲了堅持反核四到底的運動，漸漸成了其他公民運動來尋求相互聲援的舞臺，還因此結識了很多平時沒有機會接觸的善良、勇敢的人。

柯一正更是直接加入其他的公民運動當發起人，例如憲法一三三罷免吳育昇的行動，明知不可爲而爲。

他和王小棣導演在寒風中當舉牌工，像蔡明亮的電影《郊遊》裡的主角，像那些在穿流不息的馬路上討生活的舉牌工一樣。我因爲血壓飆高，爲了保命，我承認我不敢，我想先保護自己的身體才能持續抗爭。可是柯一正敢，王小棣也敢，他們兩位都曾經罹患過癌症。

我不是五六運動的創始者，只能算是個追隨者，或是當個吉祥物。

當初答應了柯一正，結果一年下來，我幾乎全勤。我把這件事當成我們一起的革命。

人家不是說過革命可不是請客吃飯，而是要付出代價的嗎?結果，我們眞的熬過了春、夏、秋、冬，經過幾次狂暴的颱風，經過大年初一，經過元宵情人節，人數不但沒有減少，反而因爲支持者擔心人太少而出門表達支持，讓人數更增加。

那是如何荒謬的畫面，一群人在颱風來的時候站在暴雨中唱歌跳舞，是一群自虐狂，還是一群腦袋壞了的人？

其實他們眞正想抵抗的是冷漠、黑暗和滅亡。柯一正說，他原來計畫如果沒有人參加，他一個人也要站在廣場上。他說，大不了，你們把我吊在廣場上吧？我告訴他，**你永遠不會只有一個人，因爲這不是你一個人的事**。

年輕的時候我們眞的很單純而天眞，總覺得只要大家勇敢站出來，推翻執政半個世紀的國民黨獨裁政權、摧毀掉威權體制，人民就眞的可以當家做主了。

那時候民進黨才剛剛成立不久，由美國偷渡回到臺灣的許信良接任主席，當時他們非常缺乏媒體和影視資源，甚至也沒有辦法募到太多錢，和擁有所有媒體資源的國民黨實力懸殊。於是柯一正、吳念眞和我就用五月公司接下「小蝦米對抗大鯨魚」的任務，替民進黨拍了一些國大代表的電視競選廣告，成了當時最轟動的政治新聞。

由於時間太緊湊，當時我們日夜工作，又怕被國民黨的特務跟蹤，常常抱著拍好的底片躲躲藏藏，彷彿回到拍新電影的時代，以爲自己是在搞革命。

片子拍完後，我們還把剩下的一點經費捐回給民進黨，認爲那是他們辛苦募來的款子，不好意思賺這種錢。我們只不過是用熱血和理想爲臺灣的民主盡點心力罷了。

後來看到民進黨執政之後的墮落，那種心痛的感覺，一直壓抑到這幾年，終於完全爆發。

我們重新參與公民運動，決定未來的一切靠自己了，所以我們堅持和藍綠檯面上的政治人物保持距離，小心謹慎的發展著我們眞正想要的公民運動。

勝利凱旋的列車，正通過長長黑暗的隧道

搭《KANO》莒光號列車南下的前一天，我約柯一正、戴立忍和魏德聖參加「傳承×創新」影展記者會。

我怕柯一正忘了時間，提醒了又提醒，結果他還是遲到了。原來他剛從日本回來，戴著忘記調時間的錶，整整差了一個小時。他還以爲自己是提早半小時到。

記者們守候在門口，要問他關於「媽媽監督核電聯盟」在捷運上的廣告被迫拿掉關鍵字的問題。他被堵在記者會門口侃侃而談，依舊是很帥的模樣。

我想起他年輕時，當他遲到，我們還得起立歡迎，感激涕零的說：「啊，你終於來了，謝謝。」都三十年過去了，他還是一樣迷糊。

二〇一四年二月二十二日中午，列車終於到達嘉義火車站，被稱爲臺灣民主聖地的嘉義正豔陽高照。

我跟著浩浩蕩蕩的遊行隊伍前進，想起出身嘉義、二二八事件中被槍決在嘉義火車站的臺灣畫家陳澄波，他的人和他的畫。

一九九〇年當我在撰寫紀錄片《尋找臺灣生命力》時，看到臺灣歷史因爲政權的不斷更替，所造成的斷裂和摧毀，我想在我的紀錄片中尋找臺灣生命和靈魂的新接點。我從臺灣美術三百年的畫展中，看到不同時期的臺灣藝術家，我開始想了解陳澄波這個人和他的作品。

他嚮往那些歐陸大師作品，努力學習著雷諾瓦的線條，學習著梵谷的筆觸，學習著馬蒂斯的色彩，也喜歡中國八大山人的水墨畫，最後他堅持用「東洋人」的觀點和精神去融合這些東西。

二十多年來，隨著臺灣人的主體意識抬頭，二二八已經不再是禁忌的時代，認識陳澄波的人也越來越多。記得二〇一二年上半年，臺北的天空壟罩著陳澄波的巨大繪畫。當時市立美術館展出他的「行過江南」，以他留學日本之後在中國大陸教書及旅行時期所畫的作品爲主。

我趕在展覽將結束的前一天，去市立美術館看到許多過去不曾看到的畫。那是豔陽高照的五月天，後來又趕去故宮對面的至善藝文中心看他的另一個展覽「豔陽下的陳澄波特展」時，忽然遇到傾盆大雨，可是現場卻人山人海。

在這個展覽中，公開了他被槍決前寫給女婿的遺書，他提到自己只因爲通國語，爲了要解決民族之自由，卻死得不明不白，但是問心無愧。又提到希望藝術同仁要互相理解，讓島內的藝術精華永世不滅、強力前進。當時我在展場上讀了他的遺書忍不住哭了，淚水如外面傾洩而下的大雨。

一個如此熱愛鄉土的藝術家，用他飽滿炙熱的筆觸，畫下自己家鄉的一草一木，用色溫暖多情。他被自己的熱情灼傷，又被無情殘酷的歷史捉弄，最後竟然慘死嘉義火車站，還被軍人曝屍三天不准家人收屍。這正是臺灣人面對歷史的殘酷宿命，豔陽後的一場傾盆大雨，那一夜我全然無法入眠。

二〇一四年是陳澄波一百二十歲誕辰，有一個一整年的大型的東亞巡迴大展已經開始，首展在臺南舉行，接著是北京、上海、東京，年底回到臺北。於是我再一次去臺南追逐著陳澄波的生命足跡，從鄭成功文物館，臺灣文學館到臺南文化中心，看著他最常畫的嘉義、臺南、淡水、彰化、花東、北海岸，想像著畫家眼中和筆下的家鄉風景。想像著當時的他不停創作，也不停推動臺灣的美術教育，籌組臺陽美術協會，以藝術家的熱情和純眞推動臺灣人對土地、文化和民族的覺醒和認同。

他用社會運動的方式，引領著當時志同道合的朋友們和下一代年輕人，想用自己的藝術走向世界。這一切，都在那無情的槍聲響起後停止。

去臺南看了一整天陳澄波畫展後返回臺北，又從豔陽的南方天空回到冷雨不止的落寞。

二〇一四年三月十四日，星期五晚上六點，第二年的「不要核四．五六運動」又啓動了，人潮不減反增，可能是和我們五六運動的志工們於六天前的三月八日，在大雨中進行的廢核大遊行有關。雖然五六運動的現場群眾，爲了文林苑拒拆戶王家被迫拆了組合屋的事很激動，但是我的心情卻有一種說不出的平靜。

我知道這樣的不公不義將來會一再發生，我們的抗爭或許會無休無止，但是我的心裡總是會想著，發生在這個島嶼上的歷史中，曾經有過更多人、更多事情，都比我們現在所面對的更艱難、更犧牲、更悲壯，才換來今天這樣自由民主的體制和生活狀態。

我們正在進行的只是一場持續的嘉年華，一個靠時間和意志力的行動藝術，我們沒有悲觀的理由。

我的腦海裡想像的畫面是勝利凱旋的列車，正通過長長黑暗的隧道，前方隱約傳來微光。我們互相打氣說，出口快要到了。

Discovery
台灣特勤部隊
NO

一個救護車連的預官排長向公民教召報到

是的，我毫不猶豫的接受了這項「教育召集」！我立刻準備好制服和裝備，在臉書上昭告眾朋友們以示決心，順便呼朋引伴一番。

但，我會穿戴白色上衣、白色口罩，戴上墨綠色的帽子，背上墨綠色背包，隱沒在人群中當一個一般的公民；就像在軍中操練「單兵攻擊」時各就戰鬥位置一樣，接受那些我不認識的年輕指揮官們的指揮，唱著改編過的軍歌，喊著激昂的口號，包圍連一個年輕生命都無法保護的國防部！

是的，我排開一切工作，迫不及待地要去參加這個絕對會有歷史意義的「教育召集」，我甚至預感它將會是一場像「茉莉花革命」般的「黑眼菊花公民革命」。我不想錯過。

這段日子，我夜夜失眠到天光大白，我的憤怒之火快將我的腦漿燒焦了，已經發出了陣陣的腐臭味。在每個徹夜難眠的夜晚，只能無助的躺在黑暗中，聽著一首又一首過去熟悉的歌，讓眼淚溢出眼角，讓憤怒之火暫時平息。

我想起蘇力颱風來襲的那個夜晚，我們一群人依舊準時來到中正紀念堂的自由廣場，進行我們第十八次的「不要核四．五六運動」，許多朋友反而是因爲颱風而來的，所以人數依舊不少。我們在一陣陣的暴風雨中，除了繼續反核之外，也談到幾個社會上正在發生的不公不義的事情，像苗栗大埔的拆屋案和陸軍下士洪仲丘被集體凌虐致死案。我們決定除了持續反核外，也要去聲援這些受害者。

就是這一天，國防部在輿論的壓力下，對外宣布有二十六人記申誡到大過一次，十二人移送軍檢偵辦。他們一方面表示「有在處理」，一方面又威脅不排除對爆料的名嘴提告，同時有士官長配合反擊，說軍中不是開托兒所的，反諷其實是大學生自己沒有用。

事到如今，眼看國防部完全沒有誠意公布眞相，還是採取過去一貫的推託、掩飾、官官相護的伎倆，一群不到三十歲的PTT實業坊的鄉民們終於氣不過，決定組成「公民1985行動聯盟」。當這三十九個人第一次聚集開會時，彼此是完全不認識的，但是那股爲洪仲丘討回公道，使眞相大白的信念，讓他們緊緊團結在一起。憑著年輕人的智慧和勇氣，竟然在一星期內完成了「公民教召」的動員令，他們只有五天的時間，透過網路和其他的媒體來號召。這是多麼令人動容的公民力量的展現！

那個蘇力颱風來襲的夜晚，我們這群原本也都不認識的朋友們已經第十八次聚集在自由廣場了，也就是說，我們已經連續十八週放下手邊的工作，從來沒有間斷過地來到這裡。雖然在執政者眼中，我們就像透明人一般不存在，他們照樣獨斷獨行，但是我們一點都不氣餒，因爲我們知道自己在做什麼。就像在蘇力颱風來襲前後宣布成立的「公民1985行動聯盟」一樣，他們知道自己在做什麼，他們同樣也勇往直前、無所畏懼。

那天夜裡，我在雨地裡撿到來自由廣場的演講者所遺落的一張講稿，我讀著上面的文字：

> 以色列知名文學家——投身猶太復國主義運動——約瑟夫・克勞斯納博士：
> 我又是一夜沒有闔眼……爲我們民族憂心忡忡，爲我們的未來恐懼。我們有些發育不全的領導人那狹隘的視角，在黑暗中壓在我的心頭，比我本人的問題還沉重。

我將這張溼了的講稿撿起來，小心翼翼地保存。紀念這個外面風雨交加，但是我們內心卻溫熱的颱風夜。

我不是職業軍人。當年我遵守國家規定成爲一個大學畢業的預官少尉排長，在我兩年服義務役期間，我的表現一點也不輸給某些職業軍人。

我曾經破門而入去抓一個軍階比我高的軍官，因爲他竟然帶頭和士兵聚賭。我們連上曾經發生失竊事件，追查到後來兇手竟然是我們的長官。當我帶著士兵跑五千公尺時，我一定跑在最前面。當有一個士兵爲了休假被取消而憤怒委屈，將子彈上了膛說要和長官同歸於盡時，是我一邊安撫他、一邊走向他，將他子彈上了膛的槍取下來。我利用休息時間教不識字的士兵學習寫字，也利用上課時間教士兵們一些生物知識，因爲那是我的大學本行。我在服兵役期間付出的比我得到的多很多，因爲我想證明大學生不是沒有用的。

我早已不用再回軍營參加教育召集了，但是這次我決定接受「公民1985行動聯盟」的公民教育召集，重新學習當一個關心社會集體利益，關心社會不公不義的事情，關心社會弱勢的一個眞正的公民。

是的。一個救護車連的預官排長向「公民1985行動聯盟」所發起的公民教召報到，並且一路唱著過去很熟悉的軍歌：

我們不能再做夢，我們不能再發呆，
自己的國家自己救，自己的道路自己開。

沉默的重量——寫給十年後的臺灣

十年後，臺灣會是什麼模樣呢？

老實說，我並沒太多的想像。臺灣經歷了兩次政黨輪替後荒腔走板的表現，讓我們臺灣人的美夢成了噩夢，理想成了幻想，驕傲成了屈辱。

我對於未來就像許多臺灣人一樣，只能用活在當下，來安慰漸漸老去的自己。如果沒有太大意外，十年後我可能還是生活在這個自己出生的島國上，離開島國的可能性很小。如果要離開，應該在三十歲之前就會做了。

十年後，如果我還沒有得到老年痴呆症，我應該會記得十年前的十月十日，這個很不一樣的國慶日。

這一天的秋陽異常炙烈，相較於前後幾天的綿綿陰雨，這樣的好天氣要是過去，通常都常都會被描述成這樣：「如此風和日麗的天氣，正象徵了我們的國運昌隆。」

這是很特別的一天。我起了個大早，換上了白色麋鹿牌POLO衫、藍色牛仔褲，在軍綠色背包內塞進一個肉包、四個小麵包和一罐冷開水當早、午餐。另外還放了一本平路的小說《婆娑之島》和一本小小的筆記本。

我像是一個被學校安排要去總統府前面揮舞著國旗，跟著高喊「中華民國萬歲」的中學生，在這樣光輝的國慶日早上興高彩烈的出發了。只不過，我的目標不是總統府前的廣場，而是立法院旁濟南路上由公民 1985 發起的「天下為『公』」活動。

今年要在國慶日抗爭的活動有不少，凱達格蘭大道早就被重重拒馬阻隔，這不是一個被萬民齊聲祝福的國慶日。

上午十點鐘，穿著白上衣、揮舞著「公民之眼」白色旗幟的群眾，漸漸擠滿了整條濟南路，白色的人潮沿著濟南路一直向下流竄，像一條奔騰的河流，在陽光下閃爍著銀白色的光芒，淹沒了原本灰色的柏油路面。

我坐在最前面的搖滾區，放眼望去，搖滾區坐的全是白衣年輕人，平均年齡不超過三十歲。

記得孩子還小時，每逢國慶日，我們都要爬上頂樓看煙火，那是多麼快樂的回憶啊。誰會希望用這樣的抗爭方式來慶祝國慶呢？但是當國家已經背叛了人民，當國家正在出賣人民時，我們只能站出來反抗。

現場的活動告一段落後，在六支公民旗的帶領下，這群白衫軍從濟南路轉向中山南路，慢慢走上中正紀念堂的最高處，插上六支公民旗，代表白衫軍占領了中正紀念堂，宣示國父「天下為公」的理念。六支公民旗要走上臺階時，曾經遭到警方幾度柔性勸阻，但是負責掌旗的六個人，也用「柔性」的方式繼續堅定地往上走，雙方並沒有發生爭執，感覺平和、歡樂。

之後繼續留下來的民眾可以自由參加六組不同議題的討論。我帶領的「詩歌朗誦組」是最特別的一組，因爲沒有什麼議題想談。我只希望大家能靜靜坐在一起讀書，做爲一種非暴力抗爭的行動。

於是我帶領著這一組人，走到戲劇廳的走廊上，各自席地而坐，開始看書。

十年後，我應該會記得十年前國慶日的這個下午，有一群原本彼此陌生的人，穿著白色上衣，各自讀著自己帶來的書。

一開始我們沒有任何交談，在那一、兩個小時裡，每個人都是自己的主人，享受著廣場上吹來的秋風，享受著閱讀和思考的樂趣。我們是一群會讀書會思考也會行動的「暴民」，正練習用沉默進行一場非暴力的抗爭。我期待這樣靜默的一刻，正是臺灣社會改變的開始。

之後，我們開始分享自己剛剛閱讀的書。一個在服兵役期間將瑞典詩人 Tomas Transtromer 的詩句抄在哨亭上讀的朋友，當場朗誦了一段 Tomas Transtromer 的詩，他說他能體會那些詩寫出了一些難以用言語表達的感覺。一個退休的老師讀的是一本關於工殤的書《拒絕被遺忘的聲音》。有朋友讀的是一本描述爲爭取言論自由而自焚的鄭南榕的《剩下就是你們的事了》，有朋友介紹自己在國二讀的《明治維新》。

有個正在讀太宰治小說的朋友說了一篇小說的情節，最後的結局是一對情侶散步到懸崖邊，看似溫和善良的男人忽然將情人推下了懸崖，這位朋友說他竟然不寒而慄地想到島上的執政者。

那個近黃昏的午後，我們談「教育」也談「快樂」，談「生命」也談「愛」。在場的許多人都表示他們原本都是沉默的大眾，在今年以前並不關心社會議題，更不會站出來。是一波又一波的公民運動引發他們的關心和思考。

柯一正導演說，他最近用一部高倍攝影機，專門拍攝在教室和圖書館外還在看書的人。喜不喜歡看書是一個社會文明的指標。他這次帶來看的書是《懶人耕作法》。我們就這樣一直談到天色暗了，戲劇院的燈亮起來，星星月亮眞的都出來了，我們才解散。

Tomas Transtromer 有過這樣的詩句：

今夜我和壓艙物待在一起，
我是防止船顚覆的，沉默的重量。

十年後的臺灣會是什麼模樣呢？

我想它應該像一艘平穩的船，繼續在茫茫大海中向前航行。**因爲這些善良、勇敢而沉默的老百姓，正是這艘船的壓艙物，不會讓這艘船輕易地翻覆淹沒。**

因爲政治不正確，所以更勇敢

張懸和郭采潔，兩個原來毫不相干的年輕歌手和演員，最近都因爲做了件「政治不正確」的事，引起網友熱情相挺或激烈撻伐。其實在自由民主的社會裡，尊重與自己不相同的意見，不是最根本的文化和信仰嗎？到底是哪裡出了問題？

只要稍微功利世故一點，只要稍微自我保護一點，只要稍微考慮大陸廣大市場一點，張懸不會在英國曼徹斯特的巡迴演唱會中，爲了國旗和她的大陸粉絲有點小衝突。她大可以爲了討好臺下以大陸粉絲爲主的觀眾們，「政治正確」一點的說些「同樣是中華民族」之類的話，或是刻意將國旗事件淡化。

她不但沒有，反而藉此說了一段非常語重心長的話，她不談國家民族，也不談國旗，她談的是公民社會中最重要的精神。她強調個人的獨立性，獨立思考的重要。

她特別強調人不是爲別人或團體服務的工具，人的存在是要活出自己，和其他生命做連結，尊重宇宙上任何生命，進一步捍衛另外一個獨立的生命。她還說，任何律法都只是要約束那些不懂得尊重人與人之間相處的人。

這段話其實並沒有要諷刺她的粉絲，她談的只是人的獨立和生命彼此的尊重。

當然，言外之意是，她只不過在臺上接受一個來自故鄉臺灣的留學生送上來的一面國旗，並且隨口說了一句：「這是來自我家鄉的國旗」。請問，放諸全世界的國家，她那裡做錯了？又哪裡說錯了？她只希望這些很正常的動作和話語能被臺下的粉絲們尊重。也就是說，你可以因爲不一樣的認知而不爽，但是，一定要學習尊重別人的想法。更何況，對方是臺上的主角。

同樣的情況也發生在郭采潔身上。只要稍微功利世故一點，只要稍微自我保護一點，只要稍微考慮臺灣社會的趨勢和發展一點，她就是不加入「贊成」的連署，至少應該對「多元成家法案」保持「緘默」。

這是所有藝人都知道的基本原則，至少經紀人也會這樣提醒旗下藝人言多必失的道理。因爲臺灣社會在自由民主政治制度和進步開放思想的洗禮下，對許多觀念的包容和接受度，遙遙領先其他亞洲國家和華人社會，例如女權、環保意識和同志的權益。

對許多年輕人而言，如果你問到他們對「多元成家法案」的看法，他們的回答會是：「兩個同性的人相愛，想要永遠在一起，希望政府用法律來保障他們應有的權利，哪裡不對？異性的一夫一妻制也是人類順應社會的結構和發展所制定的法律，爲什麼不能用在眞正相愛的同性者身上？這不是國家暴力是什麼？」因此，此時此刻支持多元成家方案應該是「政治正確」的，是一般人心目中「進步開放」的思想。

偏偏郭采潔在她的臉書上表達她要參加「反對」這一方的連署。她甚至抱怨自己當初刪除了太多朋友名單。她的意見是，這樣大的法案送進了立法院，知道的人卻非常少。後來她又進一步解釋連署反對是覺得整個法案並不周全，有很多不清楚的地方，應該有理性的討論和公平的對話，媒體也能平衡報導。她又說，她很愛她身邊許多同志朋友，但是反對沒有經過充分討論的法案。

如果她說的是事實，所有送到立法院的法案都得經過各方的充分討論和溝通，取得最大的共識，不也是民主社會最起碼要做的事？她談的不也是和張懸說的**公民社會中，人的彼此尊重**？

但是事情的發展變成是張懸在英國拿著國旗的照片，使她成了現代的楊惠敏，那個在抗日期間游泳到四行倉庫送國旗的愛國女童軍，受到一堆人的稱讚。而郭采潔的言論反而讓年輕的她，成了阻擋社會進步、反對新思潮的保守份子，她的基督徒身分一再被拿出來討論。

這樣極端的結果，只能反映出臺灣社會在民主化的過程中，最大的阻礙是威權時代留下來的威權餘孽，和本土化過程中留下來的民粹思想。

臺灣距離一個理想公民社會的到來還有一段路要走，但是已經不會太遠了。

其實張懸和郭采潔都很忠於自己的想法，毫不畏縮地表達了自己的觀點。正因爲她們沒有想要討好別人，更沒有想要討好市場，也正因爲她們選擇了政治不正確的發言，所以顯得更勇敢。

孩子的傷口正對著殘酷的大人們微笑

烽火連天的夏天，終於有個可以靜下心來解決迫在眉梢的工作的午後了。

這時，手機不停傳來有訊息進入的音符。

是王小棣導演得知政大徐世榮教授和臺大經濟系博士班學生盧其宏，在街頭抗議政府拆掉竹南大埔四戶民宅時，被警方逮捕的消息。臺大學生洪崇晏被人推倒撞地頭破血流，被送到醫院急救，但警察守候在醫院，堅持要將他帶回警察局。

手機的訊息音符像人心跳的旋律，由遠而近，由微弱而增強，由別人的變成自己的。

我問自己，工作完成和去醫院營救學生，那件事情重要？我聽到一個聲音說，去。去。去。去營救醫院的學生！不然我會看不起自己。

我匆匆換上衣褲，拿起背包衝出家門，並且向同伴們表示我已經出發了。十五分鐘後，我到達臺北舊城區後車站的一家市立醫院急診室。

靜悄悄空蕩蕩的急診室，彷彿什麼也沒有發生。穿著紅色T恤的洪崇晏躺在靠牆的病床上，有幾個朋友陪伴著，旁邊站著一個兩線一星的警官和三個警察。

就像軍中禁閉室虐死大學生的狀況一樣，在事情發生的當下，在尚未被外界揭發前，一切都是靜悄悄的。

我向警官表明自己的身分，表示是來「關切」的。（我不知道我憑什麼資格？）警官態度低調溫和，強調一切受命執行，拘提的理由從公共危險罪改爲只是想了解當時現場狀況。

洪崇晏是臺大哲學系四年級的學生，同學們笑他說他的教室不在校園而在街頭。他從讀小學開始，就強烈感受到自己的行爲和思想不被大人世界接受，也不喜歡大人世界的威權和規範。從有開明、自由傳統的臺中一中畢業後考上了臺大，便參與了保留樂生療養院的抗爭活動。

一旁的同學秀了一張洪崇晏後腦杓撞到磚塊的傷口給我看，像是一張微笑的嘴巴，被縫了三針後，嘴巴被迫閉了起來。

這時包括陳爲廷在內的一些同學們陸續趕到，他們的言談和表情完全沒有驚慌失措和悲傷憤怒，有一種自在和堅定。反而是後來陸續趕到醫院的導演們顯得非常激動。戴立忍導演甚至已經去領了現金準備做最壞打算，如果學生被警察帶走，保釋出來時需要保證金。

不同世代的臺灣人面對社會事件會有不同的情緒反應。經歷過戰亂或是威權統治過的人，親眼目睹統治者面對異議份子的殘忍，眼見社會從戒嚴時代的白色恐怖走到政黨輪替的民主制度，非常珍惜這份得來不易的自由和民主。

但是對於新世代的年輕人而言，他們所面對的社會卻是經過兩次政黨輪替後的蕭條社會，經濟發展到了一個再也沒有奇蹟的瓶頸，讓他們重新體驗貧窮，政治上竟然走了如同恢復戒嚴體制的回頭路。於是他們發展出兩種極端的態度，一種是冷漠麻木自私自利，另一種便是走上街頭，重啓抗爭，期待能減少不公不義的事件。

來醫院聲援的電影導演越來越多，但是依舊無法改變僵持狀態，一直到一個人出現——他是這家市立醫院的璩大成院長，二〇〇三年的抗ＳＡＲＳ英雄。

高大的璩院長步伐迅速的來到急診室，對我喊了一聲：「老師好。」他曾經是當年陽明醫學院防癌十字軍的隊長，學生時代就展現他對偏鄉醫療和弱勢的關懷。二〇〇三年當市立和平醫院爆發ＳＡＲＳ傳染的危機，任職仁愛醫院的璩大成自告奮勇進入和平醫院指揮整個醫院。當時我忍不住對朋友們炫耀說，果然是陽明畢業的，陽明有這種服務社會的奉獻傳統。

璩大成院長親自檢查了受傷的洪崇晏，以專業的口吻說，要三個月的觀察。有了醫院院長的宣布，持續了一整個下午的僵持終於鬆動，兩線一星的警官向指揮者報告後，得到了新的指示，只要有人出面填寫簡單證明後暫時不必拘提。

這時醫院又來了一個人，是詹順貴律師。這是所有參與過社會運動的人都尊敬的律師，出生佃農家庭的他常常主動免費替窮人和弱勢團體打官司，長期關注臺灣的人權、環境、生態和司法改革，他和其他律師討論要如何處理這件國家暴力的事件。

我趨前向他表示謝意，並且表達我們這群「無用之人」願意追隨的心意。他說你們願意站出來太好了，你們能寫能導。

我知道我們都太晚站出來了，但是只要站出來就是眞的站出來了。我們不再退縮。

洪崇晏一直嚷著說他不想占用醫院急診室，不要占用公共的醫療資源，於是在同學陪同下離開了醫院，回到臺大宿舍。

連急診室都不願多占用的善良孩子，能有多危險？會比那些口口聲聲依法辦事，卻趁人不在家時拆掉了別人家，從土地中獲得巨大利益的人危險嗎？

我想起洪崇晏後腦杓那道深深的傷口，它正對著殘酷貪婪的大人們微笑著，那是含淚的微笑。

怕什麼？你們的身旁站著我

九年前我在植物園散步時遇到一個人，他的穿著打扮都很簡單樸素，他主動走向我，自我介紹說他是在臺中教書的高中老師，說他很喜歡我寫的書。

我望著他，心裡有點防備。這些年我常常有被認錯的經驗，曾經有路人抓著我又跳又叫，很興奮的對著我說了很久之後，才知道他說的書是別的作家寫的。例如《小太陽》，或是《兒子的大玩偶》，或是《親愛的老婆》。那都是因爲我寫過類似的作品或是改編過別人的文學作品，被歸了類，然後就像臺灣的四季一樣，春夏秋冬糊成一團。

這個有點靦腆的男老師從我的第一本書《蛹之生》講起。啊，我鬆了一口氣，至少他沒有認錯人，他說他喜歡的那個「作家」的確是我。然後，他說起這本書對他的影響有多大，關於熱情和勇氣，關於正義和公平，還有那無可救藥的樂觀和夢想。我的直覺告訴我，眼前這個人應該是一個有點傻氣和熱忱的老師。

他越說越起勁，他說他原來是生意人，受到我說「救臺灣只能靠教育」的「感召」，決定改行去當老師。他說他有個給學生的閱讀計畫，每個學生在畢業前一定要讀過《蛹之生》才能畢業。再繼續說下去，我可能就要感動得長出翅膀，飛上了天空。遇到作家就是要這樣，然後再提出你的要求，他在一陣「心花怒放」之後，一定什麼都答應了。

我就是這樣毫不猶豫的答應了他的邀請，去他所任教的那所公立中學做一場演講，那將是他辦的第一場人文講座。

爲了我的到來，他果眞辦了一場非常誇張而盛大的歡迎場面，不輸給迎接凱旋歸國的「臺灣之光」。他果然要求學生先閱讀我的書，先排學生和我對話，才進大禮堂正式演講。

我被這樣隆重的場面激發了鬥志，使出十八般武藝，從頭到尾絕無冷場地完成了一場演講。後來他又帶我去參觀學校的各項設備和教室，印象最深的竟然是不像廁所的廁所，因爲太豪華、太乾淨了。和過去曾經有過的那些敷衍打混的演講邀請比較起來，這個中學老師眞的很不一樣，他心裡想的、嘴裡說的和眞正做出來的竟然都一致，是那麼認眞。

九年後，我又遇到當年那位老師，他成了一個得了很多文學獎的作家。他告訴我說，在這九年之中，他每年用同樣的方式辦八場人文講座，已經累積了七十二場。要學生閱讀的書籍也高達一百種，每種四十本，受限於學校的經費，都是找朋友認捐的。他也推動了許多課外的活動，激發中學生們的參與和思辨。他認爲教育的目的，不是在訓練出會讀書會考試，但是對社會漠不關心的學生。

當我讀了他最近寫的這本書之後，更加確定他在九年前對我說的那些話，都是真心話。因為他在書中所寫的故事，也都是關於正義、關於愛、關於希望、關於夢，充滿了火一般的熱情。

正如同他所寫的一首歌「暗火」的歌詞：

站起來，活得像個拳頭，
迎向前，英雄不懂得閃躲。
怕什麼，你們的身旁站著我，
我是最暗黑的時刻，最亮的那一團暗火。

其實，我心裡有個始終打不開的結。我曾經因為自己在大學時代創作的作品，在各方面的表現都不夠成熟，卻廣受讀者接受而感到不安，甚至自卑，每當有人讚美我的作品時，總覺得那只是溢美，甚至客套。

九年後的重逢，拜讀了他的作品後，忽然覺得**透過自己的作品能將熱力和夢想感染給另一個人，為什麼要不安和自卑呢？**此刻，我終於完全釋懷了。

我們都不是那種自掃門前雪的聰明人，也無法享受著不勞而獲的快樂。我們也都相信，這個世界是靠許多在體制裡和體制外的傻瓜們一點一滴建造起來的。

我們常常用一種戒嚴時期的舊時代舊思想，去評斷最近在臺灣風起雲湧的各種公民運動，總是用利益論和陰謀論去懷疑那些參與運動的人的原始動機。也總是懷疑是「有心人」在後面操縱著這一切，而不願意接受臺灣眞的在改變的事實。

我們不要成爲扯他們後腿的人，我們要說，怕什麼，你們的身旁站著我。我們要高喊，在這個暗黑的時代，傻瓜萬歲，一個不一樣的時代即將到來。

我好想假裝自己並不在乎——面對一個陌生人的死亡

當我從手機上看到一位導演朋友傳來的簡訊時，當下的反應是，我好想假裝自己並不在乎。

因爲，我正在趕著自己快遲到的行程。這是中秋連續假日的前一天，天空陰霾飄著細雨，行人神色皆匆促。我匆匆衝進快要停止交易的銀行辦點事情。

我沒有立刻離開銀行，因爲我的淚水已經止不住的流了下來。我暫時躲在銀行的角落偷偷流淚，我怪自己怎麼如此脆弱，爲一個陌生人的死哭成了淚人兒？在沒有人注意的角落，我再度打開手機，再看一次導演朋友在下午兩點四十五分傳給大家的簡訊：

「大埔張藥房主人張森文確定自殺身亡……」

後來才知道，這則簡訊距離一個釣魚的人在苗栗大埔公義路旁的溝圳發現六十歲的張森文俯臥著的屍體，才差十五分鐘。最近這半年，我們這群朋友都是用這樣的方式相互通報許多事情發生時的現場狀態。可是，這樣的悲劇，最早知道又能怎麼樣呢？

我離開了銀行，跑步穿過快要由綠燈轉爲紅燈的四線大道，伸手攔下一輛車，司機正聽著廣播，無可避免的，又是像連續劇情節的宮廷內鬥戲「馬賊擒王爺」。

在亂世中出身馬賊的大元帥，以爲以「公義」之名，活活生擒來自民間信仰的王爺，正是「天賜良機」。沒有想到來自民間的王爺輕輕揮舞衣袖，也以「公義」之名回敬馬賊一招。目前還沒有人談論那個死在「公義」路旁溝圳內的小人物張森文。

這一天是中秋節的前一天，正好是苗栗大埔張藥房被拆除滿兩個月。

張森文的兒子張元豪傳了一則簡訊給一直關心大埔事件的「臺灣好生活電子報」總編輯關魚：「我眞的沒有爸爸了。」正當我在照顧孫子時，從手機收到了關魚的一封信，她告訴我同樣一件事，她說，張爸爸終究沒能撐過去。她在給我的信中附了一篇在三點二十六分發出的完整新聞報導，題目是「一起幫天上的大埔張爸爸討回基本公道」。當下我沒有立刻閱讀這篇報導，因爲我正抱著孫子，因爲，我好想假裝不在乎，因爲悲劇已經無法挽回。

那是蘇力颱風登陸的夜晚，七月十二日，我們照常風雨無阻的舉行第十八次的「不要核四．五六運動」，關魚出現在那個暴風雨來襲的自由廣場。

就是在那個暴風雨來襲的深夜，她交給了我一份厚厚的「大埔事件始末分析報導」。我在那個風雨交加的失眠夜，一口氣讀完了那一份沾著雨水的厚厚報導，完全了解了事情的荒謬始末。

六天後，苗栗縣政府以會影響交通的理由動手拆了張藥房。十一天後，我和一群導演去中興醫院搶救在抗爭過程中受傷的學生，十五天後，我們去苗栗大埔張藥房現址參加電影《狀況排除》的放映。拆屋滿一個月時，我們更去參加了「把國家還給人民」的活動。

後來，我經過內政部時，偶爾會去看看那些占領民眾所栽種的青江菜，拍些照片貼在臉書上。據說，一個月後那些青江菜就可以摘來吃了。我內心還保存著一絲絲溫柔的盼望，以爲可以等到公義的那一天。

一個月終於到了，我還來不及去內政部探視青江菜，竟然得到了這樣的消息。

我打開關魚寫的那篇報導，想著這樣一個無助的、和我一樣是戰後出生的六十歲男人，一個原本奉公守法的公務單位小雇員，和妻子經營著一家小藥房，拉拔孩子們長大，以爲那就是他的圓滿人生。眼見守不住自己花了一輩子經營的張藥房，曾經絕望地對妻子彭春秀說，我對不起妳，我沒能守住家。他也曾經發出「屋在人在，屋拆人亡」的悲鳴，強烈暗示了這個悲劇的發生。

其實我們都知道在被拆屋前，他並未放棄希望，他曾經以爲有那麼多人站出來幫助他，曾經也相信公民力量能救他，他甚至曾經投入聲援其他受迫害的弱勢團體，積極參加大學生的社團研討會。後來屋子還是被拆了，其實，他也試圖振作起來繼續參加每一次的抗爭，他想學習改變自己的角色。

但是他想要活下去的意志，逐漸在鄉里的耳語及媒體的諷刺中越來越衰弱，因爲一個六十歲的男人辛苦一輩子的家園夢，已碎成片片段段。

又是一個風雨交加的天兔颱風夜，我們大夥帶來柚子、月餅，用過中秋的團圓心情進行我們跨過半年的不要核四．五六運動。

輪到我上臺發言時，我好想假裝不在乎的談論這個和我年齡相近的陌生男人的死亡，我還想用輕鬆的口氣開場，可是不爭氣的我，為什麼又哭了起來？

在眾人面前，我哭得很痛快，我知道，這一次有狂風暴雨替我掩飾淚水，我可以大聲承認其實自己非常非常在乎。在這兩個颱風來襲的兩個月期間，我的心緒被事情的發展緊緊綑綁著。

當我望著大雨中那上百張淌著雨水與淚水的溫柔臉孔，忽然覺得，我們，我們一定討得回這個公道的。那怕是一年，五年，十年。這個不公不義的世界一定要改變。

對不起，我們先跨年了

對不起，我們先跨年了。我們急著想要脫離充滿「假」的災難年，早幾天進入新的一年。新的一年會不會更好沒有人知道。但是至少我們知道，我們會更努力。

臺北連續陰雨已經半個月，臺幣也連續貶值近半個月。因爲陰雨天，網路生意興隆，卻苦了實體店家。因爲臺幣貶，出口商叫好，進口商叫苦。難怪有人說，這老天爺也眞難爲。

難爲的何止是老天爺？生活在臺灣的人，也越來越難爲了，不是嗎？

難得遇上一個沒有下雨的乾冷夜晚，我們一群人在中正紀念堂自由廣場，搶先一步舉行跨年。

預計晚上六點開始的跨年晚會，志工們下午陸續來到廣場，除了架設燈光、音響和肥皂箱，還多搭了幾個帳篷。今年夏天我們遇到過幾次颱風都沒有搭帳篷，都用肉身挺過當時的狂風暴雨。這次不一樣，我們主動邀請許多貴賓，我們得比過去「周到」些。

是的，我們一直不夠周到。我們是一群沒有組織、沒有經費，也不曾對外募款的「烏合之眾」。運動發起人只是一群沒有權勢和財力的電影導演、演員和藝文工作者，我們是一群天真浪漫的老實人，別人眼中固執的傻瓜。和那些喪盡天良卻有權有錢有勢的大人物比起來，我們真的微不足道，如同地上爬過的蟻螻，只要踩一腳便可解決的那種角色。

我們付不出一毛錢給所有曾經來廣場上唱歌的樂團和演講者，他們在其他地方用同樣的表演方式，可以獲取相當不錯的酬勞。我們也付不起一毛錢給所有到現場幫忙的朋友，我們都以「志工」相稱。這些志工們各自有不同的專業和生活上的壓力，我們無法付錢，能給的只是冷風，只是暴雨。在殘酷現實的資本主義運作下的社會，這簡直是個奇蹟。

這意味著，我們的時代將有巨變，那些有權有錢有勢的人，不再能如魚得水般的玩弄小老百姓於股掌之上。**每個地方都有不平之聲，每個角落都有正義之眼。小蝦米打敗大鯨魚的故事正陸續上演，假情假意的大惡人一個個現形，被人們唾棄**。

我們邀請的貴賓都不是那種穿西裝打領帶、戴白手套，在破土動工造勢上剪綵的大人物和明星。他們都是在風雨中、在警力包圍、驅趕或逮捕下，大聲吶喊，爭取基本人權、捍衛文化古蹟和脆弱的環境，或是對不公不義的制度或法令提出異議的「暴民」。

他們一組一組輪流登場，向臺下的民眾介紹他們這些年所爭取、捍衛的價值，到底是什麼？他們替社會，環境和弱勢的人，最後爭取到了什麼？未來還要再做什麼？

有些抗爭已經二十年，有些也走了十年，有些不公不義今年才發生。

雖然沒有雨，但是入夜之後仍舊越來越冷。表演者彈吉他的手都凍僵了，歌聲也顫抖起來。

現場有來自各地的民眾自動送來的包子、茶葉蛋、湯圓、柳丁、木瓜，有朋友煮了薑茶運到現場給大家喝，也有朋友煮了麵，分成兩大鍋，湯和麵分開。我們根本弄不清楚到底是誰送來的東西，尤其是兩百個熱包子已經送來過幾十次了，老闆說就是有人來付錢，那種感覺眞的很溫暖、很體貼。

五、六個小時的活動，人們自由來來去去，這就是我們一貫的精神和作風。歡喜做，甘願受，不是犧牲，而是獲得和享受。當初一、二十個發起人，彼此從來不給壓力和約束，能來就來，因爲工作而不能到場，也非常好，那表示沒有犧牲工作和生活。

我們從活動本身來實踐一種尊重個體、自動自發的新公民運動，我們摸索著前進，尋找最好的模式。

我上臺說了一個最新的體驗。剛剛才和女兒去馬來西亞做巡迴演講，當時有個住在馬來西亞的大學同班同學，給我一個行程的建議。她說如果去檳城，不妨拜訪一個原始海灘，那裡的漁民過著原始的生活。我眞的照著地址去了，那眞的是看起來非常不起眼的海灘，幾隻睡覺的貓，閒散的漁民。

帶我去的當地朋友百思不解，這裡不是高級別墅所在，沒有大旅館，也不是觀光的景點。有什麼好看的？

就因爲都不是。就因爲普通的老百姓都可以走進來玩。就因爲這片海灘還沒有被別人霸占、被破壞，所以美麗。

我說，當我看到臺下忍受著刺骨的冷風陪伴我們一起來跨年的人，這樣的場景就像那一片原始的海灘一樣的美麗。說到這裡，我忽然哽咽。最後我只能用深深一鞠躬，答謝現場所有的朋友們。

就這樣，我們先跨年了。沒有燦爛卻瞬間消逝的煙火。我躺床上，在黑暗中輕輕吹著象徵風力也可以發電的小風車，綠燈亮了起來。只要輕輕的吹，一直吹，綠燈就一直亮著，比漂亮華麗的煙火還持久。

二〇一三年十二月二十七日星期五，「不要核四．五六運動」第四十二週，兩百九十四天，我們一起走過了春夏秋冬，然後，我們一起跨年。沒有煙火，只有歡喜的淚水。因爲我們知道，除了堅持，還是堅持，這是我們唯一能做的事。

想改變世界之前，先改變自己——一場由臺灣年輕人發動的思想政變

1 難道你們不生氣

占領第一夜，三月十八日星期二

和每個人一樣，開始忙碌的一天。不停的開會，談事情，工作，看病。但是，我不安地看著手機簡訊，柯一正導演通知大家說，他正在立法院外面和學生們一起抗議「兩岸服貿協議」只用三十秒就通過了。

「**難道你們不生氣嗎？**」柯一正這樣問著他的朋友們，他希望能有更多人來參加抗議活動。

或許，我們這一年多來真的是疲於奔命，好想靜下心來做點自己的事了。我們很生氣很生氣，又能怎麼樣呢？

我們已經在中正紀念堂自由廣場上進行了整整一年的「不要核四．五六運動」，

也聲援許多抗爭活動，軍中人權、都市更新、關場工人、護老樹等等，就在十天前，我們才在大雨中進行了八小時的反核大遊行，就在四天前，我們又啓動了第二年的「不要核四．五六運動」，這些溫柔堅定的抗爭沒有得到政府任何正面的反應，也少有媒體報導。

我們一切照著預訂進度埋頭做，我們依舊相信溫柔、堅定、和平、理性、非暴力的抵抗是我們應盡的責任。

難道你們不生氣嗎？柯一正導演繼續問著大夥們。

一個立法委員罔顧民意，只用三十秒鐘「宣布」攸關臺灣產業未來命運的兩岸服貿協議，說是已經放滿三個月，可以直接進入院會討論，因爲這「只是」屬於「國內的行政命令」。這意味著，協議已經過關，再來就等包裹表決了。

九個月以來，所有敷衍老百姓的公聽會和民間的反對意見都只是一個「屁」。難道你們不生氣嗎？

如此粗暴而欺負老百姓的行爲在主流媒體「刻意配合」淡化下，早已習慣逆來順受的臺灣人，似乎也沒太在意這樣的魚目混珠。反正每天日子就這樣過，反正臺灣的未來，也從來沒有掌控在自己手上過。

眼看這件事情就這樣定案了，他們還志得意滿地解釋說，這種協議只要向立法院報備就好，行政院第一時間已經表達了感謝之意。難道你們不生氣嗎？難道你們不生氣嗎？難道你們不生氣嗎？難道你們不生氣嗎？

還好，有這樣一群曾經很認眞研究過「服務貿易協定」的年輕人，他們決定全力阻止這樣反民主的事情，發生在代表民意的代議機構。

這一天，他們在立法院外面發起了抗議行動，到了深夜，兩百多名大學生與其他公民團體無預警地攻進立法院，他們在混亂中展現了聲東擊西的戰略，讓警察疲於奔命，最後他們順利守住了立法院，警方立刻調動大批警力攻堅均告失敗。

失敗的原因來自被內外的年輕人夾攻，他們太低估這些年輕人的能力和決心。

這些年輕人當中，有不少是從五年多前的野草莓運動，就開始關切臺灣所有不公不義的社會事件，有很多人當時還是高中生。他們分別經歷了日日春、華隆抗爭、樂生保存、緩建蘇花高、臺東美麗灣開發、文林苑都更、大埔事件、反媒體壟斷、反國光石化等，他們基本上是關心臺灣本島內的弱勢族群和社會資源分配不公的問題，也關心臺灣的民主制度。他們累積了很足夠的思想理論基礎和抗爭的經驗，他們不是烏合之眾，他們在思想上偏左，有社會主義的嚮往，**這是原本在臺灣社會中最難有支持者的一群年輕社會實踐者**。

占領了立法院，只是臺灣年輕世代屢屢運用他們集體智慧和勇氣，一次又一次擊潰舊社會的舊思維、舊招術的開始。他們穩住了第一夜，生氣的柯一正導演，也跟著這群年輕人進入立法院，他立刻和朋友們都失去了聯絡。

攝影／林政億

2 唯有占領立法院，年輕人才能覺得自己還活著

占領第二夜

醒來時，凌晨四點半。

窗外下起了一絲絲的雨，墨色的天空，這算不算是清晨？好不容易藉著藥物才調整好的睡眠，又亂了。乾脆就當成是早睡早起健康人生的開始吧。

我忍不住打開了手機，進入與立法院內反服貿協議黑箱作業的學生們同步的狀態。

當學生們占領立法院後，各種公民團體的支援立刻進入立法院，包括即時的現場轉播，包括以十五種語言對國際發言，包括醫療和法律團隊。原來想像中已經是攻占立法院的第二個夜晚了，年輕人體力再好也有累的時候，他們應該安靜地睡了吧？

可是當我打開網路直播時，發現深夜的立法院內人聲鼎沸，年輕人在立法院內來來回回走動著，有的在談論，有的在尋人，有的在伸展肢體。這個畫面讓我想起海港很早開市的漁市場，那些剛剛從海上返回港口的漁民們、叫嚷著魚價的魚販，還有一大早趕來買魚的人，那種爲了生存搏命的力氣。

年輕人也找到他們搏命的事情了，爲了要討回一個能讓他們能有信心的社會。

年輕人在深夜攻進立法院，抵擋了警方幾波的攻堅後，終於完成占領「假民主眞分

贓、罔顧眞實民意、昧著良心執行黨意」的立法院的行動。藉由反服貿協議黑箱作業，他們表達了對這個最高立法機構的憤怒，這是他們占領的第二夜。

他們在疲倦中難掩著一種終於有了點收穫的喜悅。這樣的喜悅不是「小確幸」，更不是「沒有未來」的茫然，而是想提醒大人，他們也是社會的一份子，他們想要挽回一個被大人搞砸了的社會。

聲音早已沙啞的年輕人輪流上臺宣布一些行動準則，包括下一次開門放人出去的時間、上廁所不要一個人上以免落單，如果有人想趁機挑起爭端，請四周的人盡量安撫他們、不要侮辱那些被學生認爲不友善的媒體。

他們很有效率地按部就班分配著工作，井然有序。

我聽到臺上的年輕人說：「在屋子裡的每一個人都是我們的夥伴，我們要贏回一整個社會，我們的許多訴求是要透過媒體朋友向整個社會來表達。不要排斥這些替我們向社會溝通的朋友。」

我看著年輕人從容不迫地分工合作，展開了一場很有力氣的抗爭，他們的表現非常有組織和條理，他們爲自己的未來，也爲其他生存在同一個家園的弱勢族群而努力。

網路直播畫面有時失焦，有時斷訊，我聽著嗡嗡的聲音，竟然想到的是那部描寫太空人因爲意外而無法返回地球，夥伴們無一倖免死在外太空的電影《地心引力》。

在寂靜的外太空漂流，與地球失去聯絡很久的太空任務專家珊卓．布拉克在歷經太空中的浩劫危險後，忽然意外的聽到從地球某處傳來模糊的人聲、嬰兒哭聲，和狗叫聲。那代表了她又和原來生活的星球有了一絲絲連繫。

這樣的聲音代表了一種連繫和活著的生命，她忽然激動的胡言亂語起來，甚至也學起狗叫聲。那一刻，我非常感動。

原來以爲，人活著是那麼理所當然，因爲你並非很清楚自己爲什麼活著。當你覺得你的世界都被別人操控著，你毫無反抗的能力，甚至於失去了反抗的意願時，你才開始會害怕。

漸漸的，你不再去想像自己的未來，反正就是活著，像行屍走肉，不必多想，不必多做，每天尋找自己認爲的小確幸。

可是，有些人可不想這樣充滿無奈和無力地活著。尤其是那些年輕人，在他們的人生才剛開始的時候，他們不想那麼早放棄。

還好年輕人一次又一次地行動著，想要覺得自己是可以改變什麼的。或許這樣，他們才有眞正活著的感覺吧？

我的心快速揪了起來，我被年輕人這樣的勇氣和決心震撼住了。柯一正導演透過簡訊告訴我們說，他已經獨自占領了二樓燈光控制室，他已經構築好自己的堡壘，他要當一個最近的觀察者和最後的守護者。

我整個人像失了魂似地被立法院所發生的一切給磁吸了過去。

3 臺灣魂飄蕩在街頭公民憲政課的上空

占領第三夜

各種譴責聲音出現了。那些來自舊時代的舊思維和舊招術紛紛出籠了。舊社會的舊思維還是大家長式的威權思考，訴諸民主國家一切依法辦理，訴諸道德規範、忠孝仁愛，控訴他們破壞公務、侮辱神聖殿堂，宣導大學生應該回學校好好讀書。

舊社會的舊招術就是訴諸陰謀論、民進黨策動，臺獨份子領導。這些陳腔爛調和語彙我們再熟悉不過。

當年我們所經歷的戒嚴時代，執政當局就是用這種威權的教育方式來愚弄學生，壓制學生的創造思考力，以便於他們的獨裁統治。當年的戒嚴時代，就是用類似「陰謀論」和「策反者」來逮捕思想上的異議份子，媒體不承認民×黨，黑名單上的臺獨份子都不准回臺灣。我們再熟悉不過了，甚至餘悸猶存。

但這是個經過了許多動盪和奮鬥後的新社會，新的公民社會不只剩下這些舊東西，還有其他新的價值和新的文化開始撐住這個新的社會，舊的價值面臨挑戰和淘汰。

基於人道考量，醫療、律師團體紛紛進入立法院，其他公民團體，包括 g0v.tw 臺灣零時政府、公民1985行動聯盟、公民覺醒聯盟、綠色行動聯盟、臺灣農村陣線、臺灣守護民主平臺、公投護臺灣聯盟、地球公民協會、臺灣人權促進會、公民監督國會聯盟、原住民青年團體等幾十個公民團體，紛紛加入立法院內、外面的活動。我們「不要核四・五六運動」這一年來培養了許多志工，也默默的進出立法院內外進行著安撫人心和主持外場節目、維持外場秩序，甚至帶領年輕人看守關鍵路口，以防警察忽然發動攻擊。

第三夜，我終於可以抽空趕到立法院外面。立法院外有好幾處正在上公民憲政的課，學生們安安靜靜席地而坐，來上課的老師都是一時之選，來自中央研究院和各大學的精英老師。

我被來聲援的學生們擠得水洩不通，幾乎找不到路走進立法院外面的廣場。由於人太多，網路不通，於是阿成導演弄來了拍廣告時用的無線電，要讓柯一正導演和外面的朋友通話。後來遇到了阿成導演，他引導我穿越人群，終於擠進立法院外面的廣場。

我們「不要核四・五六運動」的志工康康和「綠色行動聯盟」的朋友正在主持著外場節目。我靜靜地坐在立法院外，聽著一個又一個高中生搶著發言。成功高中的男生說得太激動了，連黑色的書包都忘了帶走。接著上臺演講的是臺中一中的學生，從臺中趕來聲援，他們輪番慷慨激昂地說著他們的想法，條理分明。

我仰望這些孩子們，心裡想著，加油啊，年輕孩子，這將是屬於你們的社會、你們的國家、你們的時代。你們眞的要加油。陸續又有幾位教授上臺講解自由經濟和全球化給各國弱勢族群帶來的影響，這眞是少見的平和動人的戶外教室課。

立法院掛滿了旗幟，最大的那一面寫著「人民議會」。不久在立法院上方出現了幾個年輕人，他們揮舞著一面黑色旗幟，上面寫著「臺灣魂」。

如果是在戒嚴時代，只要用到「臺灣」兩個字就意味著臺獨了。「臺灣」這兩個字可以被大聲說出來，還是在解嚴前後的事情。那時候的統治者蔣經國說，他是臺灣人，曾經感動了不少人。

生長在「臺灣」卻不能說「臺灣」，這就是我們所生活的舊時代的最大禁忌，如今被輕易的喊著、叫著。許多年輕人開始相信，做爲一個臺灣人，就應該有著臺灣人的魂魄，這無關乎政治上的臺獨或統一的主張。

我彷彿看到了一種「志氣、力氣和勇氣」所構築成的臺灣魂魄，飄蕩在正上著公民憲政課的臺北街頭上空。

4　沒有人要和你玩平等的遊戲

占領第四夜，不要核四．五六運動第54集

雖然太陽花學運正如火如荼，吸引了所有人的目光，但是我們溫柔堅定的「不要核四．五六運動第54集」依舊照常進行，由於我們的志工們全都去立法院幫忙了，主要講

者也被困在立法院無法出來，我們這個活動差一點開天窗。

柯一正導演終於從立法院出來，向自由廣場的群眾們報告他那天晚上是如何跟著大學生進入立法院的。他獨自爬上了立法院二樓的燈光控制室，自己建立了最後的堡壘，他說如果警察最後攻破立法院，他會用攝影機拍下所有的過程。

他不參與學生的討論和決策，他說自己是個觀察著，好像在裡面又不在裡面。

他講了半小時後又趕回立法院，繼續守著他最後的堡壘，記錄每一天看到的事情，他還每天寫詩，記錄著這些美麗的畫面。

公民論壇時，我們的志工上臺分享他們這段時間參與公民活動的心得，她們說剛開始都不讓父母親知道，但是當她們知道可能會有危險時，只好告訴了父母親。父母親追問為什麼一定要去參加，她們竟然都哭了起來說：「因為我想當臺灣人。」

年輕人可以有自己的想像和創造，想像臺灣人的模樣和內涵，創造出自己的生活價值和文化。**我懂，因為世世代代的臺灣人都在強權的夾縫中卑微地活著。年輕人不想當自卑的臺灣人。**

節目結束前，我上臺講了一段話。我說羅大佑有一首歌叫做「亞細亞的孤兒」，其中有一句歌詞是：「……亞細亞的孤兒在風中哭泣，沒有人要和你玩平等的遊戲……」我說國與國之間，階級與階級之間，有權力的人和弱勢之間永遠不可能有平等的遊戲，這就是人民對於兩岸服貿協議的恐懼。

我又說，這個社會有四種人。當我們看到有個孩子掉進了河裡，眼看就要被淹沒了，第一種人毫不猶豫的跳進河裡救孩子。第二種人雖沒有勇氣跳下去，但是至少在河邊喊救人，或是去想辦法找別人來救這個孩子。第三種人是視若無睹，事不關己的冷漠大眾。第四種是對那些跳下去救人的人冷潮熱諷，甚至還嫌河水濺溼了自己的鞋子。

現在掉進河水裡的孩子就是我們的臺灣，我們臺灣的自由和民主，此刻正是這四種人之間的戰爭。學生占領了立法院是第一種人，守護學生們和他們並肩作戰的是第二種人，用各種方式攻擊學生的人是第四種人，而第三種冷漠的人永遠最多。我們要影響的就是第三種人。

活動之後，總教練吳乙峰把所有志工們留下來討論，如果發生了鎮壓的動亂，我們該如何做出反應？大家七嘴八舌的丟出創意，我也陪伴在旁邊。冷風直灌著我的後腦杓，我的頭好痛好痛，心裡卻想著，現在是二十一世紀的民主臺灣，不可能發生坦克車開上天安門的事情，總教練眞的有點杞人憂天。

我忽然丟出一句話，如果發生狀況，我們就讓導演們一人挾持一隻貓熊吧。我指的是那些正在中正紀念堂前面展覽的紙貓熊。我說的很輕鬆，因爲，我打從心底相信臺灣的民主不可能倒退。這裡是自由民主的臺灣，是前人用生命血淚換來的。

攝影 / 林政億

佔領
87小時
九趴總統威脅
法院
President Mo forced
the parliament to pass
Cross-Strait Agreement
in Services within
FREE
TAIWAN

5 司機說動手吧，今天晚上動手吧

占領第五夜・之一

當我忙完白天的工作後，匆匆攔下一輛計程車，我告訴司機我要去的地方，那個地方離立法院不太遠。氣溫直直下降，好寒冷的春天夜晚。

戴著一頂運動帽的司機大約五十來歲，他沉著臉，透過後視鏡只能看到一雙沒有表情的眼睛，和一張模糊的臉。我們之間沒有任何對話，我只是安靜地思考著，等一下進了立法院之後，要和占領立法院的學生說什麼。

車子在黑夜中疾駛，從城市的邊陲漸漸往城市中心靠近。我整理著原本紛亂的思緒，這是學生們占領立法院的第五個夜晚，立法院內混濁的空氣稀釋著學生們的意志和腦力，聽說裡面的學生已經減少許多，學生們可能又有新的行動。

車子從羅斯福路進入中山南路時，我忍不住看了一眼那個淒清的自由廣場，想著昨天我們留下焦慮地討論著警方的鎮壓和可能的暴動。

當車子更接近立法院時，司機終於打破了沉默。

一日開啓了話匣子，我的耳朵再也無法關閉了。（他正是屬於我說的第四種人。）

他說，你看看，人群散了吧？我就說嘛，這些小王八旦搞不了幾天的，別以爲霸占了立法院就神氣，你看，整條街空空的，人都走光光了，根本不要動用警察。昨天還滿滿的，來湊熱鬧的人。湊湊熱鬧而已，還眞以爲群眾會聽你們這些小王八旦、小屁孩的屁話。大學生算什麼，一群心智不成熟的小屁孩，還包著尿布呢。大學生就該留在學校好好讀書，你說對不對呀？先生？我笑笑，心裡想，當然不對。

我順著他的手勢看過去，咦，眞的沒有什麼人，前天來的時候還擠不進去呢。昨天人更多，都擠到忠孝東路上了。車子繼續往前行駛，人潮出現了，越來越多。原來剛才經過的不是青島東路，空蕩蕩的街道只是司機內心的嚮往和想像。

他的想像是，這些大學生都是隨興玩玩，成不了大事的爛草莓。但是越來越多的人潮讓他的想像落了空。

很快的，他又有了新的希望，因爲一排鎮暴警察出現了，他們排成一隊接近立法院，滿臉倦容，士氣低落。

司機忽然亢奮了起來，這樣的畫面應該立刻和他的某些經驗連結起來了，他忽然化身成鎮暴警察。他大聲叫嚷了起來：「動手吧，今天晚上就動手吧！這些心智不成熟的大學生，讓他們嚐嚐被打的滋味。打個落花流水叫媽媽喊爺爺的！搞什麼運動？國家的事交給總統就好，總統是我們人民一票一票選出來的，他就是代表人民，代表國家！國家政策干你們這些小屁孩什麼屁事？什麼公民運動？臺灣的公民只有一個，那就是我們選出來的總統！六百八十九萬票呢！等你們長大了，選上了總統再說吧！」

我一路沉默到底，因爲第四種人不是我們要爭取的，而是等著被淘汰的。我知道，**這正是臺灣複雜社會的眞實面貌，眞正的危險來自彼此不了解對方到底在想什麼**。

占領立法院第五夜，已經有學生承受不了這樣無邊的壓力決定離開。有人希望我在這個關鍵時刻進入立法院，給漸漸失去耐心的同學們打打氣。我先前得到的訊息是，學生們可能會有新的行動，爲了這個可能的激烈行動，內部也有了很不一樣的聲音。原本一路支持著學生們的老師和公民團體，有些已經離開立法院。悲劇可能一觸即發。

6 他們的新世界，新遊樂園

占領第五夜・之二

我在學生們引領下進入了被占領的立法院，這也是我人生中第一次走進這個有些人口中「神聖」的國會殿堂。

放眼望去，每個大門都被學生們用桌椅和繩子綑綁得非常堅固，有的像是一隻恐龍，有的像獅子，這像是一個固若金湯的城堡，那種視覺上的震撼難以形容。

幾百個年輕人占領立法院之後，運用他們的所學專長，包括「物理」和「建築」方面的知識，將立法院內可用的桌椅重新翻轉組合，通風管穿插其中，再用繩子緊緊捆綁。到了夜晚，幾個守衛的學生，就直接睡在被捆綁好的椅子裡面，像是一個大型的裝置藝術。

整個立法院內部被青年學生們用「知識」和「想像」，重新構築起另一個新世界，新的遊樂園。我看到的，不是破壞和損毀，不是衝動和魯莽，而是創造力、想像力和實踐力，這些都是年輕人原本就有的，只不過在殘酷的現實社會中被一再摧毀和壓制。在那一夜的攻占行動之後，這些能量全部都爆發了出來。太美妙、太浪漫了。

我講了我們的「不要核四．五六運動」已經進行了一年的故事，我說我們站了一年所引起的效應，還不如你們年輕人的一個夜晚。我也講了同心圓的概念，我說你們現在處於同心圓的最核心，立法院外面有人守護著你們，社會上也會有很多人會支援你們，同心圓的最外面就是我們整個的社會。

當我進入了立法院後，發現學生們圍成一個又一個小圈圈，討論著一些事情。我注意到幾個核心成員都是二十幾歲的大學生和研究所學生，分別來自臺大、政大、清大、東吳、臺藝大等。由於立法院現場有許多媒體記者，所以這幾個核心幹部開會時總是躲在立法院後方的辦公室或是二樓的貴賓室。他們做出決議後再和老師們商量。

當我知道他們正面臨的一些內外壓力後，我和已經在立法院二樓的燈光控制室堅守五天的導演柯一正商量，討論我們能夠幫什麼忙。

柯導當下找來另外兩個導演王小棣和吳乙峰，讓他們也進入立法院內。除了給同學們打氣外，我們也商量出幾種「幫忙」的方向：我們決定扮演學生們和外圍支持團體的協調者，用我們本身的「藝術」力量來介入，將立法院外圍布置成護城河，用音樂、詩歌、繪畫，緩和外面支持群眾們越來越升高的火藥味，也要防止有些人趁機作亂。這時候趁火打劫的人很多。

我們要立刻號召眾導演們進入立法院，大家可以拍短片上傳，並且考慮聯手完成紀錄片，爲學生占領立法院的行動爭取更多人支持。這是關鍵的一夜，電影界和藝文界要加入這個戰場了。

7　我承認我們溫柔，但懦弱

占領第六夜

占領第六天，王小棣導演立刻找來北藝大上百位師生們，用從迪化街募來的白色布條，將環繞立法院的護城河完成。一些電影導演們也陸續進入立法院二樓的燈光控制室，和柯一正導演討論整個拍片計畫。

當這些計畫才正要積極展開時，深夜傳來有一批學生和群眾們已經衝向了行政院，要占領行政院。

行政院很大，有很多門，裡面也有很多警察，這個計畫註定是失敗的。大家都說不妙了，這件事情一定會讓一些原本同情學生的民眾動搖，也讓原本的冷漠者轉而同情政府，甚至於連累了原來占領立法院行動的正當性。

這群學生和民眾們號召立法院外面群情激昂的人，攻向行政院，有些人還爭先恐後的用梯子爬進了行政院。在這樣一個混亂的夜晚，鎮暴警察大量集結，上級下達命令，在天亮前，一定要完全清空行政院內外的群眾。

手無寸鐵的大學生們，不斷重複背誦著「和平、非暴力、不合作」的抗爭準則，領導的同學們也不斷重複提醒著可能遇到的驅離動作，包括水柱、催淚瓦斯等該如何應付，坐在地上的學生們似乎都有被傷害的準備。

鎮暴警察用盾牌和警棍開始驅趕學生，學生們不斷舉起雙手表示他們不會攻擊警察，口中不停的喊著「和平、和平、和平」，警察用沉重的盾牌攻擊學生的腳，往學生頭上打，有學生當場血流如注。另一邊的警察用警棍毆打學生，那種憤怒像是在修理暴徒和有武器的人。

之後，警察驅離了所有媒體記者和攝影，進行了沒有見證者的黑暗行動，只有警方蒐證的影片。

我們在鏡頭底下，看到國家合法暴力是如何進行的，隱藏在執政者溫文儒雅笑容背後的殘忍。

是的，藏在虛假笑容後面的殘忍。你忽然懂了。當學生們已經占領立法院時，就應該立刻處理的「大人們」，卻躲在暗室中想著、等著。當越來越多支持、同情學生們的年輕人包圍著立法院，寧願忍受夜風吹襲露宿街頭、不離不棄時，這些「大人們」依舊不理不睬。最後，當他們短暫現身，依舊是溫文儒雅，並立刻躲開。

學生們衝向行政院時，他們終於逮到了最好的動手時機，展現出猙獰的面目來，透過合法的暴力，當全世界的媒體都在報導這件事情時，給學生們迎頭痛擊。由於群眾的抵抗，警察們也成了受害者。

溫文儒雅、仁義道德的背後藏著殘忍、傲慢和偏執。你終於發現，他們的不理不睬不是寬容，而是殘忍。你終於發現他們根本不珍惜，也不疼愛那些別人家的孩子。他們眞的沒有愛。沒有愛使他們露出凶殘本色。

我也終於承認，我們想用藝術的力量來幫助占領立法院的學生，**只是出自於溫柔的想像，但也是懦弱的**。孩子們已經被合法的暴力打得頭破血流。而我們一點也幫不上忙，只能默默的對學生們說聲，眞是對不起。

8　他們不是暴民，是一個個能獨立思考和行動的公民

占領第九夜

占領行政院行動失敗後，臉書出現許多哀悼民主淪喪的黑幕大頭照，和互刪朋友的浪潮。不同意見的彼此，都把對方當成了敵人。

有人支持那些攻進行政院的學生和民眾們，歌頌他們是革命的年輕英雄。有人反對那些衝動的年輕人，因爲衝動反而讓原本的抗議失去了正當性，但同時也譴責警察的暴

力鎮壓。有人從頭到尾都認爲這些年輕人是暴民，占領立法院就不應該了，竟敢攻到行政院，警察鎮暴太溫和了。

以占領立法院爲圓心的太陽花運動，因爲有群眾和學生進攻行政院，這個圓圈起了激烈變化，整個圓圈被強烈的扭曲了，各大媒體幾乎是一面倒的批判這些「暴民」。但是繼續支持學生們的年輕人，也將警察痛毆民眾的畫面透過網路不停播送。

經過媒體這樣撲天蓋地的報導，有更多更多的年輕人，甚至小孩子們，也開始關心和討論這個攸關臺灣未來的服務貿易協定，更去思考與他們生存息息相關的臺灣未來。

這是整個行動換來的正面能量，有撕裂，有破壞，但是就在這些被撕裂和破壞的隙縫中萌生了嫩綠的幼苗，成了臺灣人集體的記憶。

樂觀的我還是深信著，在這個看似混亂的局面中，會忽然出現許多奇怪的人和奇怪的言論，但是就像有一面照妖鏡，會將我們社會那些妖魔鬼怪的眞實模樣照出來。

我還是非常相信，在這個同心圓的擴散過程中，這些年輕學生們不是暴民，而是一個個擁有獨立思考和行動能力的公民，他們正在創造臺灣全新的未來，只是還有很多人活在過去的舊時代，接受或享受著舊時代所給予的一切而已。

這一夜，學生的決策小組和黃國昌等老師做出了三三〇號召群眾走出來的決定，他們只有三天的告知時間，也是一大賭注，如果來的人數不夠多，這朵太陽花將黯然失色，面臨退潮和退場。

9　如果你讓學生流一滴血，我就和你拚了

占領第十夜

我曾經在接受媒體訪問時說：「我希望有權力和名望的大人物站出來，例如宗教領袖，例如大學校長，不然這個太陽花運動一定演變成太陽花革命，會繼續流血。除非，這正是許多人想要的結果？」

有個朋友聽到我這段話，哈哈大笑著對我說：「你真是太天真了。並不是每個人都會站在學生這一邊的。你看著以後的發展便會知道了，這個社會上保守的力量其實是非常強大的。你自己站出來就好了，不要低估自己的力量。要相信自己。」

我曾經不停地告訴年輕人說，不要低估了一個人的力量，而此刻的我，竟然也開始有恐懼和感傷，對於這一切正在發生的事情，極度憂心和焦慮。

晚上七點鐘，我再度來到立法院外面。我靜靜地繞行一圈。

立法院的四周還是圍坐著許多學生，其中有罷課的，也有從南部上來聲援的學生團體。臺大已故校長傅斯年的巨幅海報出現在各個牆壁上，上面寫著「如果你讓學生流一滴血，我就和你拚了」這樣的句子。

就在臺灣發生二二八事變後兩年，白色恐怖開啓的大逮捕時代，那是民國三十八年

的四六事件，警備總部要抓臺大和師大「鬧」學潮的學生。當時臺大校長傅斯年對著警備總部司令彭孟緝說，如果你讓學生流一滴血，我就和你拚了。他還堅持，學生如果被帶走，不得被戴上手銬。

結果臺大學生被抓的很少，反而是師大校方全力配合政府大肆逮捕學生，其中有些學生被槍決，聲援學生的教授們全部遭到解聘。後來只要考進師範大學的學生，都會被勸說加入國民黨。此時此刻，學生們非常懷念有傅斯年擔任校長的臺大。

我發現，藝術在這個時候眞的發揮了力量，在立法院內外有越來越多的雕塑、漫畫、書法創作，電影和音樂團體進入，放影片，也拍紀錄片。時間拉得越長，創意也越多，以立法院爲中心向外擴散，這些藝術創作也反過來撫慰了那些年輕學生們的心靈。他們知道有許多人在支持著他們。

10 兩個世代的大和解

占領第十一夜，不要核四．五六運動第55集

面對警棍、盾牌和水柱的驅離，學生們毫不退縮也不畏懼，把名字和電話號碼寫在手上的殉難決心，超乎警察的想像。學生被打得頭破血流的照片，與學生們視死如歸的描述和報導，紛紛重現鎮暴當時的眞相，大家都深信，當政府恐懼人民時，就是暴力鎮

壓啓動的時候。

原來大家都以爲，這次攻占行政院的行動，給了政府透過主流媒體好好控訴學生是暴民的時機，結果年輕人透過快速散播的網路，又擊垮了政府的老舊宣傳。占領行政院的結果換來的是，對政府血腥鎮壓的控訴和年輕人不懼怕不退縮的抵抗精神。不久，有些主流媒體也跟進，出現了許多鎮壓現場目擊者的描述和投書，更多父母親站出來挺自己的孩子，增添了這場世代戰爭的浪漫。

立法院外依舊進行著許多公民課程和演講。有一位在攻占行政院行動中，前去關切時被警察拖到裡面猛踢並且用手銬反扣雙手，連隨身帶的鋼杯都被打凹進去的的中研院研究員黃銘崇，今天也出現在立法院外的講堂上。

他的專長是研究中國殷商時代的種種文化和制度，他用十六分鐘講了一個很艱深的題目：「神話和歷史的不同」。商周是歷史，炎黃就極可能只是神話和傳說了，尤其是在清朝末年列強侵略中國時，清朝想要凝聚鞏固民族的團結，特別強化了從漢代就有的炎黃神話。

其實正在立法院外面發生的事情是非常精采的，研究歷史考古的黃銘崇說，如果學生繼續抗爭下去，他已經有了一個偉大的街頭教學計畫，找來全臺灣最好的師資來立法院外面上課。他斷言，現在正在發生的太陽花運動，一定會在臺灣歷史上占有重要的一頁，它要同學們不要丟棄任何一件東西，尤其是被打的證據，在法院用完之後請捐給中央研究院歷史研究所。

這一晚的五六運動，我們進行了分組討論的「服貿沙龍」，每組討論完之後派一位代表上臺發言。這次的發言非常的精采而令人動容，有警察也有基督徒，這些很容易被大眾列爲支持社會安定的保守分子說出了自己的看法，非常中肯而有力量。

其中一位朋友說了一段話很經典，她說其實反核和反服貿黑箱作業是同一件事，都是政府在缺乏整體思考和對未來的想像，用拼湊的方式草率完成的政策。日本三一一核災的犧牲，無法讓政府改變能源政策，香港人的悲哀也無法讓政府改變原先的計畫。人民只能上街頭自救。

太陽花學運中成爲學生後盾的中研院黃國昌先生，當天做了一次非常完整的演講，給一些還沒有完全搞懂「服貿」的群眾們上了一課。他再次呼籲大家在三三〇一定要站出來。

在我們「五六運動」中，幾乎每集都出現的陽明大學風車合唱團團員劉子鳳，在合唱前上臺朗讀了一封媽媽寫給她的信。她的媽媽成長在軍眷區，每天都搭軍車上學，是個永遠支持國民黨的死忠者，也是相信馬英九的深藍選民。她原來非常不能接受女兒參加各種學運，但此時此刻她說他再也不相信任何政黨了，她只相信她的寶貝女兒所堅持的事情。

世代之間的溝通和理解，也在這時候悄悄的發生了，這個學運在兩個世代之間產生了巨大的影響力，很多原本不諒解孩子的父母親站出來支持孩子們的行動。

這是非常重要的轉變時刻，也是兩代之間大和解的時機。

攝影／林政億

11 就在今夜，臺灣的年輕人發動了不流血的思想政變

占領第十三夜

下午一點鐘，我從捷運臺大醫院站二號出口出來時，發現人潮洶湧到已經快擠不進去了。

我沿著常德街緩慢的走到中山南路口，終於找到「不要核四·五六運動」的帳棚。沿路看到許多年輕人穿著黑色T恤，背後印著桃紅色的字：「誰敢讓手無寸鐵的孩子流血，我就跟牠拚命」，顯然是從臺大校長傅斯年當年說的話轉換出來的。「牠」字特別放大，強調會打學生的不是人，是畜牲。

這是大學生們占領立法院第十三天，不管之前總統和行政院長如何透過各大媒體開記者會，都無法阻擋這五十萬人上凱道、護民主、護立法院的驚人結果。

各公民團體都在現場架帳篷，表現出力挺學生的態度，因爲人數遠遠超過了預測，人民本身的素質面臨考驗。

你終於知道，這不只是一個兩岸服務貿易協定簽不簽的問題，也不只是尊崇全球化自由經濟的問題，而是對政府不信任的問題。是人民想維持既有生活價值和文化信仰的堅持，是人民不希望見到弱勢族群更弱勢的趨勢，是人民有臺灣和中國之間，無法對等

談判的恐懼。從政府一次又一次的敷衍和態度強硬的反應中，人民再也不相信政府有方法和誠意解決這些問題，最後只有被迫走上街頭。

整件事情的發展完全出乎大家的預料。太陽花不只是運動，也不只是革命，而是一次年輕人在思想上的溫柔政變。許多國外的媒體和個人紛紛來到臺灣，想搞清楚這到底這怎麼一回事。

有個從日本來的攝影家兼多摩美術大學教授港千尋已經來了很多天，他很想知道臺灣藝文界介入這個學運的理由和觀點。透過友人的介紹，我和吳明益、伊格言接受了他的訪問。大家談了很多深入的觀察和感想，包括對中正紀念堂和立法院空間的解嚴和想像，以及新世代對生活價值和文化自主性的堅持、新一代使用網路的力量，和新一代學生們優秀的能力卻在職場上被不平等對待。

港千尋先生說他看到臺灣學生在一場大雨之後的復原能力，也看到臺灣學生有哲學家康德說的「構築力」，他同意了我對於學生在立法院內所做的創造力和想像力。他詢問太陽花為什麼花瓣要用香蕉，也想知道為什麼馬英九的頭上長出鹿角，耳朵長出那麼多的毛？當他知道「鹿茸」和「毛茸茸」之後，笑得前翻後仰，對於臺灣學生的幽默感非常佩服，他說日本學生可沒有這種幽默。

這個世代的臺灣年輕人雖然成長在歷經前人奮鬥所換來的民主化、自由化和本土化的環境，可是卻也歷經扁、馬這兩個「人民直選」的總統所創造出來的「騙時代」，年輕世代反而成了這個時代的犧牲者。

他們比上一代聰明能幹，可是他們這樣的才能卻無法得到像上一代那樣的機會和實質回報。臺灣對他們而言不再是婆娑無邊的美麗島，而是被貪婪、無知的上一代人搞得烏煙瘴氣的鬼島。

所以大部分年輕人應該有的逐夢熱情逐漸冷卻，對自己所處的環境嗤之以鼻。他們沒有夢想，更沒有未來，對社會發生的議題絲毫不感興趣。他們只能在不同的電動玩具中尋找年輕人應該有的戰鬥和夢想，或是想辦法離開這個鬼島。

是這個占領立法院的行動喚醒了年輕人，唯有這樣大的撞擊，才能喚醒年輕人已然冷漠麻痺的心靈。

他們終於知道民主不能只有靠選舉，因爲事實證明我們經常選錯人卻無能爲力。他們也看穿了現在的獨裁者已經懂得利用更高明的手法來矇騙民眾，例如假的公投、製造民主假象，甚至對異議者進行分化和收買。他們已經知道只有用一連串的公民運動逼迫獨裁政府實現眞正的民主，這是年輕世代比我們這輩更警覺的地方。

占領第十三夜晚上七點半，學運代表林飛帆對著凱道五十萬支持者和電視機前的觀眾演講，他說人民才是這次運動的總指揮，要指揮失能的馬政府。

他不卑不亢的演講，像是一個已經政變成功的領袖，對著歡呼的群眾們訴說著國家未來的新方向和新價值。年輕人唱著〈島嶼天光〉，亮著手機，流著青春的眼淚，他們眞的相信，他們已經從大人手中奪回了可以決定臺灣未來的權力。

臺灣又一次政黨輪替。這次的執政黨不藍也不綠，他們叫做年輕人。

12 勝利凱旋的列車進了立法院

占領第十四夜

三三〇狂潮次日，晚上八點三十分，電影《KANO》在被學生占領的立法院內正式播放，魏德聖導演要用這樣的舉動來慰勞並支持立法院內的學生們。就在同一時間，有一群導演正在華山電影院看《白米炸彈客》。很多電影導演正熱切的討論明天下午將會有「反反服貿」的抗議隊伍，宣布要包圍被學生占領的立法院，據說份子的組成非常複雜。有人提議要導演們站出來，去警察局要求保護立法院的學生們，大家的神經都緊繃著，並且討論要用行動來防止有人故意挑起暴動。

反而是在立法院裡面的柯一正導演安慰大家說，年輕世代自有他們的應對方式，我們暫時不要動作。這段在立法院的日子，讓柯一正導演對年輕世代更加刮目相看。他說他們腦筋很清楚，讓他們去面對吧。

我已經進入了夢鄉，我覺得自己快要生病了，頭很暈，渾身痠痛。

可是我的手機鈴聲叮叮噹噹地響著，手機傳來一封信和一些簡訊，原來是在第一時間就對「兩岸服貿協定」提出強烈質疑，因此辭去了國策顧問的郝明義，也因爲擔心明天的衝突會發生不幸事件，他想找一百位藝文界的人在明天清晨之前，各自創作一朵太陽花。不管怎麼畫，怎麼拍照、雕塑或創作都行。希望明天一大早，就能有這一百朵太陽花來保護立法院內外的學生們，應該會是很美好浪漫的事。原來郝明義也陷入焦慮中，無法成眠，他正積極地呼喚著大家。

昏睡中，耳畔傳來手機的叮叮噹噹聲。那種人在外太空與地球失聯的狀況又發生了。

我又想起《地心引力》這部電影，一個漂浮在外太空的人，處在失去重力的狀態，渴望著能接近地球，渴望能有地心引力將他牢牢地吸在地球上。我聽到手機傳來叮叮噹噹的聲音，那是從地球上傳來的美妙聲音。一百朵太陽花。一百朵太陽花。一百朵太陽花。一百朵太陽花。一百朵太陽花。一百朵太陽花。一百朵太陽花。百朵太陽花。朵太陽花。太陽花。陽花。花。花……

我又在外太空飄浮著，叮叮噹噹的聲音越來越遠了，地球越來越遠了，我失去了重力，我回不了家了。

13 焚

占領第十五夜

上午和家人去萬里掃墓。大家一起吃了中飯後，我對大姊說，我去妳家向妳借張紙和筆，我想要畫一張太陽花。

大姊退休後跟著一個老師畫國畫，有一搭沒一搭的，老師嫌她畫得太奔放，不夠節制收斂，應該先從臨摹開始。大姊說每個人有自己的風格，她的風格就是奔放、不受約束。

在大姊家客廳的餐桌上，她逐一拿出她平常畫國畫的紙、筆和顏料，然後又取出一本梵谷的畫冊，翻到梵谷畫的經典名畫太陽花。大姊說：「你就照著梵谷的這幅圖來臨摹吧，畫圖要靜下心來，先用鉛筆構圖，調色之後先在別處試試，看看是不是你要的顏色？你要慢慢來。」

我無法慢慢來，我的心在燃燒。我在調色盤上擠出鮮黃色、橘色、紅色，我告訴大姊說，我已經想好要怎麼畫，我要一種奔放的、狂野的、憤怒的、燃燒的感覺。還等不及大姊的指導，我已經將濃烈的黃、橘、紅「塗」在宣紙上，把國畫畫成了油畫，我一口氣畫了五朵非常奔放狂野的太陽花。

大姊說：「花不能沒有枝幹，也需要一些綠葉。」我說，我這只是寫意的，抽象的。我加了些綠葉和枝，大姊說：「太陽花的葉子是大片的，枝要插在花瓶中。你畫的不對。」我自我解釋說：「我不在乎枝有沒有插在花瓶裡，我要有一種熊熊燃燒的烈火的感覺。就是要有點亂。」我不敢說，這代表了學生占領立法院的精神。

大姊給我一支吹風機說，你就這樣朝著未乾的地方猛吹，很快就乾了。我給了這幅畫一個名稱：「焚」。爸爸給我們取名字時用了他的筆名「李琳」中的「林」字做爲基礎，大姊「小琳」，二姊「小彬」，我是「小埜」（野的古字），如今，這個林被野火點燃了，成了「焚」字。

完成這幅太陽花作品後，立刻上傳給郝明義先生，之後，我就眞的被自己這把火給燒了。我生病了，躺在床上發燒，爬不起來。

14 黑暗給了我們勇氣

占領第十八夜，不要核四．五六運動第56集

清明節連續假日的第一天，立法院外圍的學生減少了一些，前兩天警方已經發出傳票，將這次占領立法院和攻擊行政院的兩百名學生和民眾起訴，陸續約談，一切依法辦理。各地的警察往臺北集中。大家都有預感，這是府院黨大反撲的開始。

原本因爲生病，決定不去參加第五十六次「不要核四．五六運動」，忽然覺得我還是要跑一趟自由廣場去鼓舞大家。因爲在這段占領立法院的十八天中，我們的志工們有些負責在立法院內接應要進去的導演們，有些陪著柯一正導演駐守在立法院內，更有些人乾脆睡在立法院外面接受日曬雨淋，在一次又一次的大雨過後，當街曬著棉被。想到這一幕，我翻身起床，整理簡單裝備立刻出發。

車子走到半途時，兒子忽然啓動 FACE TIME，讓我和一歲的孫子對話，古靈精怪、精力無窮的孫子在 FACE TIME 的螢幕上一下扮猴子、一下裝可愛，原來今天是兒童節，

父母親帶他去板橋的玩具大展玩了一個下午。兒子媳婦知道我生病了，都提醒我不要太拚命，年紀不小了。

自由廣場上的群眾比平時還多，舞臺前方靜靜的坐著一群人，後方站著許多人。志工卜派見到我來，立刻給了我兩個反核包子和一杯熱咖啡。卜派在社運圈很有名氣，他是這個社會的最底層，常常三餐不繼，但是他卻不放過每一次能幫助別人的機會。熱咖啡是他特別去買的，我猶豫了一下，決定接受他的善意。我喝了一口熱騰騰的咖啡，這杯咖啡比任何時候喝的都香。

郝明義先生第一次來到這個現場演講，他為了反對這個版本的服貿協議，寫過很多文章，也到處演講，他說他很有信心，這把越燒越旺的野火，終將燒到不知民間疾苦的府院黨這個大怪獸。

後來有民眾問他為什麼那麼勇敢站出來，力排眾議與當局對抗。他沉默了一陣子，忽然說起他十八歲那一年，民國六十三年，一個人從韓國來到臺灣求學，他撐著枴杖，站在松山機場看著前方飄著的雨絲，前方一片漆黑，前途茫茫。**但是就是這種未知的黑暗給了他最大的勇氣，他覺得只要能穿過漫漫的黑暗，走出去就會有光**。

他越說越激動，他說臺灣是個流奶與蜜的好地方，跑遍全世界最愛的還是臺北。四十年過去，是臺灣養育了他，他這兩年在紐約的時間最久，眼看家鄉後院失火了，所有曾經的美好即將消失，他實在不忍心。他說他最愛讀的是《金剛經》和〈大悲咒〉。他說除了希望「天佑臺灣」，還要記得「天助自助」，不要期待別人來救自己，要靠自己站出來。然後坐在輪椅上的他哽咽了起來。

我不禁也想起了那一年，我剛剛大學畢業，那時候我已經成了作家，四十年過去，我一直沒有離開過這片土地，在這裡也繁衍了子孫，這裡眞的是個牛奶與蜜之地。我也跟著溼了眼眶。

輪到我上場發言時，我講了郝明義發起用一百朵太陽花保護立法院內外學生和民眾的故事，並且拿出我畫的五朵太陽花給臺下的民眾看。

我想起第五個夜晚，王小棣導演對學生們的演說。她勉勵學生們：「這場由臺灣學生主導的運動不管以什麼方式收場，當學生們步出立法院的那一刻，那就是一個全新的臺灣，一個全新的立法院，因爲眞正的主人已經進來過了。」

我告訴臺下的群眾說，**這整個占領的過程本身，就是全部的意義**。不管這場學生們的「思想政變」會如何結束，有沒有人被逮捕，會不會有秋後算帳，都已經不重要了。其實學生們早就贏了。

在占領立法院成功那一刻，所有的意義就誕生了。學生們已經完成自我超越，也讓這個社會超越了原本牢不可破的政府體制。它的影響不只是政治或是經濟，更大的影響是在文化上，一種對自由民主的重新定義，一種對臺灣和中國大陸之間關係的重新檢討和面對。

五六運動結束後，我和我的網友小皮老師散步到立法院，一路上聽著她描述臺灣的教育現場，這個學運彷彿並沒有發生，沒有老師敢主動談起這件事情。還好有社區大學，在那裡可以暢所欲言。台灣最保守的地方竟然是校園。

我們行經立法院，看到兩個很醒目的標語：「爸媽你放心，我們很安全」「孩子，謝謝你們，你是我們的希望」。在開南商工的角落，圍著一群學生，靜靜的聽著一個年輕人，彈著吉他唱著太陽花學運的主題曲〈島嶼天光〉：「天色漸漸光。遮有一陣人。爲了守護咱的夢。成做更加勇敢的人。天色漸漸光。已經不再驚惶。現在就是彼一工。換阮做守護恁的人……」年輕人低低的唱著，唱完之後他說已經深夜十一點了，我們不要吵到附近的鄰居。

我靜靜地離開，我的精神變得很飽滿，我的病也好了一大半。

15 這個世界已經不一樣了

占領第二十夜

今天是民國三十八年「四六事件」的六十五週年，那是發生在臺北的一個以悲劇收場的大規模學潮。

時代當然是不一樣了。這已經是歷經解嚴和政黨輪替兩次的自由民主臺灣，已經沒有凶狠的獨裁者生存的空間了。在這一天，占領立法院的學生們兵分兩路主動出擊，一方面到不聽從民意只聽從黨意的立法委員四大寇選區去掃街，一方面繼續召開廣納公民意見的人民議會，公開審查民間版和行政院版的〈兩岸協議監督條例〉。

就在這一天接近中午的時候，已經六度召開朝野協商破局的立法院長王金平，忽然在朝野立委陪同下出現在立法院內，他宣布接受學生所提出來的條件，在尚未完成〈兩岸協議監督條例〉之前，立法院不會審查〈兩岸服貿協議〉。

當天下午，臺灣的藝文界代表們公布了一個網站，在六天內已經邀到一百五十件太陽花作品，強調每個人都有拯救臺灣的機會。黃春明還寫了一些詩和信，讚揚學生的表現，同時呼籲，應該給學生們一個「主動光榮退場」的機會，強烈反對再用暴力驅逐。但是不懷好意的媒體卻用了相反的意思，下的標題是「藝文界勸退學生」。

這個誤會可大了，這陣子有些宗教領袖和大學校長、教授們都站在指責學生這一方，其實電影導演和藝術工作者通常都是站在有權力者的對立面，臺灣有些主流媒體用自己的意識型態扭曲別人的原意，眞的很墮落，很壞。不過，這些也都是黑暗時代的小泡泡，時間和歷史將會澄清這一切。

在緩緩散步返家途中，我想著：**我們何需焦慮這場溫柔政變的最後結局？我們何必急著等待有權力的人的賞賜和答案？**在我的心中，臺灣的年輕世代在全世界的關注下，已經打了一場完美而漂亮的戰爭，**這個世界已經不一樣了**。

那些來自島內的質疑和辱罵，終將成爲這一波波由年輕人所主導的黑潮席捲之後的泡沫和殘渣。

16 最後一夜

占領第二十三夜

占領立法院的學生，終於提出了正式退場的時間表。

他們按部就班地照著他們想要的進度，進行著這個隆重的退場儀式，包括發表演講和訴求，何時解開那些被綁得很緊很牢的擋住大門的桌椅，何時放回立法法院長的「龍椅」，何時交出應該「代表人民」的議事槌，最後還送給立法院長一本清朝的小說《官場現形記》做爲全民的禮物。學生們比大人們想像的要幽默多了。

這時出現了一個臉書網頁，表示「你們護民主，我們修立院」，希望招募有設計和工程背景的人出錢出力，在最短時間將被破壞的立法院修復。像太陽花運動那樣的思維方式，浪漫而有實踐力。

當這些有工程設計背景的朋友開始檢驗估價時，立刻遭到立法院的總務組阻止，他們表示「任何的修復動作等同於破壞」，聽起來當然言之成理，問題是人民已經不信任政府任何一個「合法」甚至「合理」的動作了。最後這些想進去幫忙的人就只做了估價。

在這次政府和人民之間如此大規模的、長時間的許許多多攻防戰中，完全看到了在臺灣歷史中，人民面對一再更替的強權時，所能發揮的智慧、機動、堅韌、善良、純樸和幽默感。

我承認自己的焦慮，在這樣撲天蓋地的報導中，我也用臉書搭建一個「個體戶媒體」，不時有別的媒體來要求借用。這正是網路時代的自由民主，每個人都可以用自己的方式見證這個世界，發揮強大的媒體功能。但是我也無法一直生活在這樣緊繃的焦慮中，工作之餘就躲到黑暗的電影院裡，強迫自己進入別人的世界和故事，像《曼德拉：自由之路》《自由之心》《白宮第一管家》，都是以黑人在白人世界爭取平等和解放的時代爲背景。從黑暗的電影院出來，重新面對自己很想改變的現實世界。

深夜打開手機，回到吵雜的現實世界，臉書網友分享了「有洋蔥」的MV，用蔡琴的〈最後一夜〉串起了這二十三夜的故事。我看到那些年輕人如何攻進立法院，用桌椅擋住警察的一波波攻堅，我看到柔弱的大學女生，坐上了大門口檔門的椅子毫無畏懼。蔡琴的歌聲更喚醒我年輕時的記憶，洋蔥立刻進了我的眼睛，淚流不止。

我想像著如果我是生在這樣的時代，如果我正青春，多麼嚮往抵抗著警察的那群人中，有我勇敢的身影。

17 想改變世界之前，先改變自己

二〇一四年四月十一日，不要核四．五六運動第57集

一大早醒來，精神飽滿，覺得世界眞的不一樣了，至少我身上穿了一件昨天晚上自己買的臺灣自製抗菌內衣，我一口氣買了四件，慶祝這個已經被年輕人改變的世界。另外我也終於整理了抽屜內混亂的襪子，找到七隻不成雙的襪子，決定丟掉。

沒錯，這麼簡單的一件生活小事，對我而言簡直像是太空人第一次登陸月球那樣重要。這樣的一小步，對我而言是一大步。我是用腦袋和情緒在過日子，而不是用身體的感官去眞實體驗這個世界。這個世界對我而言好像一直很陌生。

我老是想去改變外在的世界，可是卻無法改變自己，哪怕是一點點。所以人要改變很困難，何況是一整個社會。

中午，我接到一個聲音沙啞的電話，是這陣子帶著志工們在立法院內外忙碌的總教練吳乙峰導演，他說柯一正導演昨天已經出國去談事情了，他眞的沒有想到自己會在立法院跟著年輕人守了二十多天，打亂了原本的工作時程。「所以，你今天一定要來自由廣場。」他提醒我，今天又到了星期五。立法院的占領結束了，可是我們的五六運動還沒有結束。沒錯，今天上午十點整，所有立法委員都回到他們的立法院，有些立法委員的抽屜裡多了一些紙條。院會只有七分鐘，遲到的人已經來不及開會。

我寧願相信，這個立法院已經完全不一樣了。不是因爲它被學生損毀過，被學生踐踏、翻桌倒椅過；在這之前，眞正被損毀和踐踏的，是善良百姓們曾經殷切盼望的眞正自由和民主，是能維持華人世界難得的政黨政治和代議政治，不受獨裁者的干涉。於是年輕學生們勇敢地衝進來了，他們得到這個社會大多數年輕人的支持，也得到非常多的公民團體、醫界、學界、文藝界的支持，形成了波瀾壯闊的公民運動，時代正在翻轉，我們有幸見證了這一幕。

我們的五六運動持續進行著，有四個曾經守在立法院二樓二十四天的年輕人來到我們的現場。

他們只有二十出頭，標準的八年級生，他們每個人會進去立法院的理由都不一樣，父母親的態度也都不一樣。問他們以後想做什麼，他們異口同聲的說，他們知道，這個世界有比賺錢更重要的事情，他們會持續關心臺灣社會發生的一些事情。

最後輪到我上臺時，我忽然語無倫次地說起自己從小在萬華南方最窮困的加蚋仔讀書成長的故事，我學會的閩南語都帶點南部腔，原來那一帶很多都是從南部來臺北討生活的人，他們辛苦地過著最底層的生活。我最早學會的閩南語都是罵人用的三字經或是七字經，我從閩南語歌曲開始學閩南語。我說著自己四十歲之前，都說不出「我們臺灣人」這五個字。

我想說的是，我早就把這裡當成是自己的故鄉了，我希望我的子孫們是活在一個沒有汙染的流奶與蜜之地，一個民主自由的國度，很多人為了這個卑微的願望，已經花了大半輩子奮鬥和努力，甚至犧牲了自己的幸福和生命。我們沒有理由走回頭路。

5
6

9
10

20
21

27
28
29

輯二

就算選錯，人生也不會毀了。選擇本身沒有什麼對錯或好壞。
就算因此吃了虧，繞了一大圈走錯路，也許還是能到達「對」的站。
每個選擇都是有意義的，都使你們成爲「今天的你們」。

我愛你們，就像重新愛我自己一樣

1 我把他當家人，而不是寵物

親愛的笨頭和笨咪：

一直到此時此刻，春天正好過了一半，學生們占領立法院的事情剛剛結束，天氣熱了起來，我的心情才稍稍安定下來。也才驚覺到，啊，我的「第二批」孫子和孫女們，即將誕生在這個有點混亂和焦慮的世界了。

在這樣一個年輕人不婚不育的絕望年代裡，我不敢和同年齡朋友們輕易提起這件事，因爲他們多半會是很嫉妒的，然後開始抱怨自己的孩子不婚或是不育。

我有個老來憤世嫉俗的好朋友過去常常告訴我說，他要求孩子們只把自己生活過好，不要再生小孩了。結果當他抱到外孫女那一刻，樂得天天去醫院探視。生命就是這樣「無可奈何」的奧妙，看你親眼見到自己的DNA被延續，像是一種自我的「重塑」

和「重生」，那眞是自私卻又很踏實的幸福。

也不過才一年多前，你們忽然讓我升格成爲阿公和外公，使我瞬間擁有兩個非常有趣的孫子和外孫，偏偏在社會動盪不安的這一年之中，我在街頭奔波的時間要多過和這兩個有趣的孫子、外孫相處的時間，正在略略遺憾的當下，「第二批」小嬰兒，趁著天氣越來越熱的時候要來報到了，我已經注意到咪頭和安妮在臉書上開始討論：「雙子座的女生容易激動，金牛男不要餓肚子就安靜了。」

沒錯，如果沒有太大的意外，在末日射手、正宗魔羯之後，按著順序將會是金牛男和雙子女。第五代「三王一后」的完美組合於焉完成。我得開始調整好心情，細細研究過去不曾想過的，關於雙子座女人的多重性格和複雜面貌，還有思考周密、行動務實、愛情專一的金牛座男人。我怎麼忽然成了一個開始研究星座的「資深」阿公了？因爲我們家族中，好像還沒有出現過這四種星座的人。

這一年多來，在你們成爲新手父母的過程中，我默默地看著你們如何從照顧嬰兒，到慢慢與他們相處，你們做得比我好太多太多，讓我很放心。

我看到笨頭幾乎每天親自給正宗魔羯男洗澡，父子倆在洗澡時都是裸裎相對，並且打著水戰，或是父子倆瘋狂地隨著 Lady Gaga 起舞，盡情享受著肢體的律動和狂喜。我也看著笨咪每天在下班後和放假時，如何忍受著身體的疲憊，依舊很有耐心地陪伴個性非常敏感、怕生又愛哭的末日射手男，讓他能漸漸擺脫對外在世界的恐懼和不安，讓他越來越能規律地玩耍和睡眠。

有一次我忍不住很佩服地問笨咪說，這眞是很神奇啊，時間一到，妳替他洗澡、餵奶，再陪他玩一玩，然後關燈，他竟然乖乖的，不吵也不鬧，很認命地在黑暗中漸漸睡著。我問笨咪是如何辦到的？笨咪回答說，我把他當家人，而不是寵物。

2 為自我療癒而寫、而說

把孩子當家人，而不是寵物。這句話深深地感動了我。「寵物」是任憑主人擺布的，是養來陪伴主人寂寞的，是沒有太多主動權的。家人不是，家人是平等的、互動的、相互尊重的，也是相愛的。

在育兒之前，你們也都看了一些教養的書，如果你們都照著書上的指導來養育孩子，那可是天大的危險。人類對腦的認知系統和過程，隨著科學的技術精進，越來越清楚，可是那更危險，畢竟人和人的差異性才是教養過程中最困難的。每個人都只憑著自己成長經驗或經歷過的成功和失敗，來傳授給下一代，種種誤解和偏見不斷地重創孩子。

我從來不是一個懂得如何「教養」小孩的人，在「教養」你們的過程中錯誤百出，所以我寫下了人生第一本「教養懺悔書」《給要流浪的孩子》。我不斷在書中提到自己在教養上的偏見和錯誤，也寫了一些反省過後的純粹陪伴。結果我的意外收穫是，我的讀者全都是小學到中學的孩子們，他們在尋找和「自己生活接近」的課外讀物時，發現了我，原來在當時孩子的課外讀物中，正缺少了這一類。

從此我在這方面的書寫，歷經整整十年，陪伴那一代孩子的寂寞成長時光，如今，他們也和你們一樣，有些已經成爲新手父母。在許多場合他們都會與我聊起書裡那些連我都遺忘的的片片段段。我不喜歡被分類當成「教養專家」，那會讓我羞愧得無地自容，我只是一個會將生活寫得很有趣的人，事實上我的生活一點也不有趣。我只是透過這樣的一再書寫或演講，進行自我療癒，我才可以更加弄清楚自己到底是怎樣的一個人。有句話很多人都會說：「先要學會愛自己，才懂得愛別人。」所以，我陪伴你們的過程和書寫，都只是努力學著「重新愛自己」。其實這是一條很艱難的路。

3 就算選錯，人生也不會毀了

或許是出於誤會，或許是因爲我總能掏心掏肺地語出驚人，事隔二十年後，當你們都已經各自成爲兩個孩子的父母了，偶爾還是會有些關於親子教養的雜誌會來邀訪。前陣子有朋友告訴我說，我有一篇關於「親子教養」的文章在海峽兩岸的網路上被瘋傳，程度已經到達了像病毒一般。有朋友將這篇文章傳給我看，題目是〈就算選錯，人生也不會毀了〉，前面還多加了一個很聳動的標題「轟動整個臺灣的親子文章」。我讀了又讀，這不是我寫的文章啊，但卻是我一年多前接受了《親子天下》雜誌訪問時說的話，內容經過採訪記者重新整理，編輯精心設計了標題，用了第一人稱書寫。

其實任何訪問，我都是隨口就開始說，不需要照著訪問題綱。我沒有什麼章法和大道理可依循，沒有章法的回答，往往可以顯現出回答者的眞誠和坦白，對我而言，誠實是最好的回答。

我先從自己從小活在沒有選擇和不會選擇中講起，對我而言，連去買件衣服都是非常困難的，因爲我不懂自己要什麼。所以當我成爲父親後，就非常仔細面對你們的每個選擇，陪伴你們做出生命中的一些決定。但是我深信，選擇本身沒有什麼對錯或好壞，就算因此吃了虧，繞了一大圈走錯路，也許還是能到達「對」的站。**每個選擇都是有意義的，都使你們成爲「今天的你們」**。

其實，我是在彌補我自己小時候老是被父親恐嚇說：「你這樣做，人生就毀了。」的恐懼和不安感。所以我才會說出「就算選錯，人生也不會毀了」這樣的句子來，其實我是鼓舞著在童年被嚇大的自己。

4 想要討好別人

我一直記得這件事情。我們一家人難得在暑假去基隆玩，當時天氣很熱。在回程的火車上，有人賣冰棒，爸爸問弟弟要不要來一根，弟弟搖頭說：「我不熱，我不想吃冰棒。」後來爸爸在他的日記上寫說，這個么兒很懂事，知道我們家裡窮，其實他很想吃，卻不忍要求。弟弟在那一瞬間所做出的選擇，是想滿足爸爸，而壓抑住自己的欲望。爸爸當下立刻明白，但他還是沒有去買冰棒。他讚揚弟弟的自我壓抑。

這個故事正是我這一輩戰後嬰兒潮的縮影。在連飯都吃不飽的年代裡，生存才是最重要的，其他的欲望和期待在強烈的壓抑下，造就了不會選擇也缺少想像力的一整代人。

所以當我們長大後，也很容易誤解孩子的選擇是出於眞心還是討好大人。我們投射出來的，往往是自以爲是的錯誤判斷。

在你們很小的時候，就呈現出相反的選擇態度。做爲哥哥的笨頭一直是個很自我的孩子，用大人的標準看來，還有點好高騖遠、不切實際，甚至天馬行空。連一家人一起去吃頓飯，都要挑沒有吃過的、最貴的、最多的。常常在做選擇時猶豫不決，隨時改變心意，往往惹怒父母。做爲妹妹的笨咪向來乾脆、堅定，很少猶豫。一起吃飯就跟著父母親點相同的，往往贏得父母親讚美。

於是我們會有一種誤解，認爲哥哥笨頭根本不知道自己要什麼，而妹妹笨咪卻知道自己的人生要什麼。直到笨咪二十幾歲時，向我抱怨一件童年往事，做爲父親的我才恍然大悟，我其實和自己的爸爸一樣，在不知不覺中壓抑了孩子內心最渴望的東西。

那次我們全家去香港玩，我宣布說，你們可以去玩具反斗城挑一個玩具，當成這次旅行的紀念。笨咪從一進門就挑到一個在哪裡都可以買得到的小黑板。笨頭不改原來猶豫的個性，從進門那刻起，不停地挑、不停地更換玩具，最後，終於挑到一個幾百元的蝙蝠俠。在往出口途中，你又發現一個要價幾千元的限量版蝙蝠俠，堅持要買。你媽終於發飆了，氣得坐在椅子上，拒絕你的選擇。她認為你毫無想法，只知道買最貴的，還是我出面表達這兩隻蝙蝠俠真的差很多。不過就在要結帳時，你又換了一架很大的星際大戰飛機。

事隔那麼多年，笨咪竟然對這件事情耿耿於懷。妳說其實妳在選了那個小黑板之後就非常後悔，因為妳看到芭比娃娃，看到可愛的狗熊屋，看到喜歡的星際大戰人物。妳好羨慕哥哥可以大吵大鬧，爭取換成自己更愛的玩具，可是父母親卻不停讚揚妳的堅定，用妳的堅定意志來痛罵猶豫不定的哥哥笨頭，所以妳只好繼續壓抑自己的渴望，討好父母親，一路拿著不喜歡的小黑板回到家。

5 好高騖遠又怎樣呢

我忽然回想起來，很少壓抑自我的笨頭，從小學開始就老是喜歡全校最漂亮的女生，而且笨頭都會告訴我。到了高中時，我還攤開地圖研究路線，協助笨頭去追求全校最美的吹長笛的女生。最後雖然沒有追成，笨頭似乎也不在乎，你說至少你試過了。然後立刻訂了下一個目標，也是個漂亮女生。

笨頭大學畢業後一時也找不到什麼好工作，忽然說想出國讀電影，完全沒拍過短片，也非相關科系畢業的你，竟然填了美國電影研究所的前十名。懂得行情的人提醒說，連拿到公費留學的人都不會這樣填；你告訴我，出國讀書非常昂貴，尤其是讀電影製作，如果不能讀到最好的，就不要出國了。結果被一連串回絕之後，竟然收到最後一封信，被紐約哥倫比亞大學錄取。

五年後你畢業了才告訴我說，前一、兩年你完全跟不上，被老師一再勸退，但是你堅持不肯放棄，最後還以研究所榮譽獎畢業。你在人生的道路上，都是想要最好的，你努力去爭取，也吃了不少苦頭。

別人可能會笑你好高騖遠，很不切實際。可是我不會，我承認我沒有你這樣的勇氣，我一直很自卑。我羨慕你，甚至嫉妒你，我希望自己能有你這樣的勇氣和對自己的期待，所以，我怎麼會阻斷你對未來的想像呢？我當時的想法是，就算是讀不下去，再想別的道路，只要你願意自己擔後果，爲自己的選擇負責就好。人生不會因此而毀了。

6　挑選一條最難走的路

從小在做選擇時看似很果斷，很善體人意，對父母也很體貼的笨咪，反而提前在讀高一時就面臨了學習生涯最大的困惑和反叛。高一上學期結束，妳就跟我們說妳要休學。

當時我不認爲妳是因爲退縮，我反而覺得，妳是毅然決然地挑了一條最難走的路，妳的心情是憤怒加上一點悲壯。

從小在我們家的教育觀念和環境薰陶下，妳知道生命有許多可能；因爲妳讀的明星國中瀰漫著「只有前三志願才是學校」的扭曲價值，和我們給妳的核心價值相互牴觸。結果妳那年沒考上前三志願，這個其實不算挫敗的挫敗，讓妳忽然對自己失去了信心，對學校教育產生了懷疑和反抗。妳的心情我完全能領會，因爲我高中讀的是夜間部，在當時的初中同學中幾乎是吊車尾。我懂妳的痛苦，所以我完全支持妳。

我是有條件的支持。第一，妳得規畫好十六歲休學之後的學習與生活；第二，把高一念完再休學，有一天後悔時從高二讀起。

記憶中，妳整個高一下學期，都在爲未來的休學生活做準備。妳給我的報告中寫著：每天早上聽《空中英語教室》，然後開始創作，讀喜歡的書籍以加強中文能力、開發對天文學的興趣等。妳甚至說妳想開一家小店，這樣就可以提早開始工作賺錢了。妳還留著一本寫滿同學祝福的紀念冊，好像是向全世界宣告自己要休學，要斷了自己的後路，妳的決心下得非常大。同學們的祝福中也寫滿了：「羨慕妳的勇氣，走一條更崎嶇的山路。」

開學後要去辦休學手續的前一天，妳忽然退卻了。妳寫了一封信給父母親，說妳這五個月鬧夠了，妳其實是在鬧情緒，也想試試父母親的反應。妳已經要到妳想要的禮物了；妳決定把高中讀完，大學的第一志願要填工業設計。當妳想通了這一切，知道讀高中是爲了什麼之後，就很輕鬆快樂、心甘情願了。我羨慕妳，也嫉妒妳。因爲這些問題我連想都不敢想，我考大學的志願表是由姊姊替我決定的，我花了十年的時間繞了一大圈，還是回到自己要去的地方。

我只有在妳要去義大利米蘭讀研究所時，勸妳不要在臺灣就決定好去讀珠寶設計，因爲那有一點太貪圖簡便了。妳都已經選擇了先學會義大利文再去義大利，何不去了之後，再去米蘭現場了解自己的下一個選擇呢？這才是一條艱難的道路啊。結果妳接受了我的意見，直接去了米蘭，繼續讀語言學校，然後再去申請研究所，接受面對面的口試。

這一趟義大利的學習，更加強了妳整個人對生活和工作的積極和主動性。回臺灣之後妳簡直像變了一個人，勇於探索一切，妳並不安於保守的現狀，不斷改變自己的工作環境。

7 我不是英明的爸爸，我是笨企鵝

我不是英明的爸爸，也沒有任何教養方面的知識，我甚至連哪一所小學比較好、哪一所中學是明星或是貴族學校都搞不清楚。我相信越自然越好。因爲搬家的關係才知道妳們小學畢業後將要讀的是一所明星國中，當時我還後悔得要命，因爲我自己從小就是讀全臺北市最沒有升學競爭力的小學，覺得那樣的成長很豐富而快樂。

快樂成長眞的很重要，那會影響一個人這一生的人生觀和對世界的看法。我不懂什麼是最正確的教養聖經，我只是眞心相信，許許多多的大人一輩子做過這麼多錯誤或是很愚蠢的選擇，眞的沒有比天眞自然的孩子高明到哪裡，我們永遠都不會知道哪一個選擇是眞正「正確」的選擇。

先要搞清楚：你是誰？你要怎樣的人生？那都會決定你所做的選擇。**人生不是在尋找答案，人生只是一連串對自己的叩問**。我是一個不懂得愛自己的人，我想好好愛你們，就像重新愛我自己一樣。

還記得笨頭研究所畢業後，在美國找工作時，曾經問我說：「如果我最後去婚紗店當攝影師，你會不會覺得白白花了那麼多的學費，很失望？」我很肯定的說我不會，然後我說：「如果你終於明白當初自己的選擇是錯的，或是電影這行業根本沒有路可走了，你去當個婚紗攝影師養活自己，養活家庭和孩子，有什麼不好？每天看著一對對喜氣洋洋的新郎新娘，人生充滿了喜氣和希望。**Why Not?**」你回答說：「如果是這樣，根本不需要到美國念那麼久的書。」我說，那可是你生命中很珍貴、很奢侈、很難得的一段生活經驗，笨企鵝可以幫你做到，我非常開心。

我自己大學讀了四年生物系，又在醫學院教書做了兩年研究，拿助教獎學金到美國攻讀分子生物博士，之後我放棄這一切，我不是整整浪費了快十年嗎？我後來從事的電影、電視、文學、行政工作看似和這些經歷及學習無關，可是我的確因此和別人不一樣，這就是我想要說的。

我一直保存著自己十一歲到十三歲的一本「遠兒讀書筆記」，那是爸爸親手為我製作的讀書筆記，為了怕年代久遠筆記本散掉，熱心的朋友還特別為我做了一個很醜的封面，至少還可以讓人翻閱。

8 我複製了我一直想反抗的教養方式

有很長一段時間，當我去學校演講關於寫作的題目時，就隨身帶著這個像是古董的筆記本。

我不是去教導學生如何學習寫讀書筆記的，正好相反，我是藉由這個爸爸精心替兒子打造的偉大讀書計畫，來諷刺甚至批判我那個痴心的爸爸，我控訴他把自己對人生的不安全、焦慮、悲傷和憤怒，全都要自己未成年的孩子來扛。我譏笑他不但吝於讚美我，還會用各種惡毒的評語批評我，甚至「逼」我在每讀完一本書後，要寫下這本書的頁數和字數，讓我提早失去閱讀的樂趣，提早失去童年，提早成爲一個大人。我譏笑爸爸想要孩子替他完成心願，一再地揠苗助長。當同年齡的人都還在看著諸葛四郎大戰魔鬼黨的漫畫時，他只准我讀艱深的文學名著，例如《戰爭與和平》和《老人與海》。

我重複講著童年的這個故事，一次又一次地講，一次又一次地拿出十一歲時的讀書筆記。有時候覺得自己的演講根本是公開的自我療癒，向群眾尋求慰藉。臺下的群眾每個人都是我的傾聽著，都是我的心理醫師。

最近，我又將這個「殘酷」的童年故事告訴一位心理醫師友人，那位心理醫師朋友用很同情的眼神望著我，悠悠地說，你沒有被你爸爸逼到精神分裂和崩潰，表示你也有超人的意志力。他說，你爸爸用盡自己的力量磨練你們，是想透過自己的孩子們在這個異鄉的島嶼重建在原鄉被毀掉的家業。那是一種強烈的復仇心態。

我最近又重看那本「遠兒讀書筆記」，發現其實爸爸在最後兩篇讀書報告上寫了四個字：「寫得好。爸」。我仔細讀了最後這兩篇十三歲時寫的閱讀報告，一篇是《所羅門王寶藏》，另一篇是《湯姆歷險記》，我看到自己閱讀能力的進步，故事裡的人不再只有好人和壞人，多了人性中的灰色和複雜。每個人都是有血有肉、好壞難分。我的描寫結構分明、段落清楚，也多了許多對故事細節的描述，不再只停留在概念。另外我也懂得分析書的作者了。

從十一歲到十三歲，爸爸完成了他對一個孩子的閱讀入門指導。他要的其實就是這樣的「儀式」。好像一個老師在教導學生練小提琴時，先要求他慢慢擦拭琴譜和琴弦，甚至擦地板、做家事，磨練學生的忍耐和意志力。我忽然想到，其實我也曾經要求笨頭不斷地修改一篇作文，一直改到笨頭忍無可忍，在最後一次修改時，乾脆這樣寫著：「我有一個非常刻薄的爸爸……」記得我當場氣得用自己的腳去踢塑膠垃圾筒，我的腳趾當場血流如注。

我一直在對你們的教養上，想全面反抗爸爸的方式，其實在某些方面，**我根本就複製了我一直想反抗的教養方式**。

9 忍耐有著寬容和慈悲

我發現在這本進行了兩年的閱讀筆記最後面，我用了兩頁來抒發自己童年所有的閱讀心得，我寫下的標題是〈忍耐是成功的力量〉。這像是我第一次自動自發寫的，而不是在爸爸要求下寫的。

我在這篇文章中舉了許許多多故事和人物，寫著一段又一段格言：「忍耐是一切道義的要素，絕非過甚之詞。」「忍耐是快樂之門。」「忍耐的力量，實足以使一切艱難的事迎刃而解。」「英才不過是忍耐的別名。」「唯有克制衝動，才能容忍他人，不要趁人之虛加以攻訐，如果成了習慣將遺害終身。」「我們要把強盛的感情導入正軌，才能成為有效的力量，方能有守有為。」「惡運得由忍耐而制服之。」「若是到了山窮水盡時，那正是造化要成全你的巧妙安排。一切人世間的刁難和羞辱，無一不是刺激你的因素和機會。」「一忍以支百勇。」「一時的忍耐為十年幸福的泉源。」

讀著十三歲時的這些領悟，半個世紀之後，我發現自己大半輩子一直遵循著十三歲時寫在這本閱讀筆記後面的結論。半個世紀之後，我才能完全分辨忍耐和壓抑之間微妙的差異。壓抑是來自外在的強迫力量，讓自己漸漸失去了原來應該存在的感覺和欲望，而自己卻無法察覺。有時候那種被壓抑掉的東西，已經微弱到如風中殘燭，在黑暗中閃爍著。因為是「被」壓抑掉的，所以那東西是存在的，如微光，等著被點燃。

忍耐不同於壓抑。忍耐是從內在發出的一種力量，它夾帶著寬容和慈悲。因爲這種「清清楚楚、明明白白」的力量，和被壓抑掉的「模模糊糊、微微弱弱」的東西正好是背道而馳的兩種能量。忍耐使人越來越有生命力和能量，壓抑則是不停的消耗掉生命的熱度和能量，直到熄滅。

我也終於發現，我過去一直努力的，就是減少你們的壓抑，培養你們的忍耐力。到目前爲止，我眞的看到你們活得越來越有能量和力氣。

親愛的笨頭和笨咪，在陪伴著你們成長的過程中，我一點一滴的從懷疑自己到反抗父權，最後發現了眞正的人生寶藏，其實早在半個世紀前，已經記載在那本毫不起眼的閱讀筆記裡。而這樣的奇妙旅程，都因爲有你們的陪伴才得以完成，我在你們的陪伴下，重新建造了一個全新的自己。

在你們即將各自成爲兩個孩子的爸爸和媽媽前夕，我最想告訴你們的是，透過愛你們，我才學會了愛自己，然後，當然就更懂得如何愛你們了。

謝謝你們成爲我在這人世間的家人，也謝謝你們繼續爲我，爲自己，爲其他家人，不停的創造新的家人。祝福我們家的「三王一后」永遠平安快樂。

非常笨的笨鵝敬上

二〇一四年春天過一半的凌晨

媽寶的問題在媽，不在寶

對年輕人的行爲看不慣或是看不順眼的大人越來越多，他們總是習慣用自己那一代人的價值和環境來衡量年輕人，於是像草莓族、啃老族，各種對年輕世代羞辱貶抑的詞彙紛紛出籠，奇怪的是很多年輕人聽了也覺得頗有道理，於是跟著唱衰自己這個世代。

最新的流行詞彙是「媽寶」。形容還在喝著母奶拒絕長大的年輕人。這下子可好了，草莓、啃老，再加上一個媽寶，年輕世代可眞的成了低頭族，抬不起頭、低聲下氣生活著的低頭族。

有位大學教授實在看不慣一些大學生凡事請父母親出面來和他交涉，包括請假或是選課，只要是透過大人出面的他一概不准。所以他在自己的臉書上寫著，不想轉大人的媽寶、爹寶請別來修他的課。他批評有些家長喜歡干涉教學，還會評鑑老師，這些「怪獸家長」已經從小學一路管到大學了。

還有位大學的學務長，也對那些新鮮人搬到宿舍時，都是父母親在抬行李、孩子們低著頭玩手機的現象感到悲哀。我承認會有這種家長，但是一定不太多。一般孩子到了小學五六年級後，已經逐漸進入了青春期，他們很不喜歡自己的父母親出現在學校，更害怕自己的父母親與學校接觸，因爲那是在同儕之間最丟臉的事情。

我在孩子讀國中時，曾經遇到過一個相當瘋狂的家長，親自送籐條給導師，並且常常到教室外面幫忙老師盯秩序，但是對待孩子也無微不至，是那種典型「過度保護」又「過度期待」的家長。當然，親子關係非常的糟，母子常常又吵又打的。

許多大人不忍心讓孩子吃苦頭，凡事想插手幫忙，因此大大減少了孩子學習獨立的機會。說是溺愛心疼，**其實是大人希望孩子繼續依賴自己，是大人本身要依賴著照顧孩子而有成就感**，眞正不成熟的反而是大人。

我有個退休的朋友，每週定時去已經在上班的女兒和兒子住的地方，分別替他們洗衣打掃、餵貓遛狗，許多人都勸她要尋找自己的生活，對孩子別太痴心了，總有一天會後悔。我卻鼓勵她繼續做，因爲我知道，這才是她內心渴望和需要的，她因此得到滿足和快樂。所以媽寶的問題在媽，不在寶。寶有媽可靠，當然樂得輕鬆。

同樣的問題也可以用來解讀啃老族。啃老的問題在孩子的低薪和失業，不在老本身，甚至對老還是件好事。

年輕人如果敢選擇結婚生孩子，通常是有家中有老可「啃」的。許多年輕夫妻願意和父母親同住，除了不必將所有收入都押在沉重的房貸上，父母親更可以扮演褓母的角色，可以省去僱褓姆的錢。

在臺灣每個角落，不論是游泳池、公園、百貨公司或是學校門口，都可以見到年輕的阿公、阿嬤正帶著孫子孫女。大量的戰後嬰兒潮世代進入退休期，不管是身體狀況或是教育程度都比上一代的阿公、阿嬤強，他們甚至比孩子的父母還積極投入教育孩子的工作。

戰後嬰兒潮世代也有許多「沒有長大」的成年兒童，在照顧孫子時會得到某種救贖感，有些原本感情疏離或冷漠的夫妻，還會因爲一起照顧孫子輩而增進感情。因此，因爲孩子們無法在經濟上完全獨立所形成的啃老族，對社會的發展和弱勢救濟上，甚至還扮演著正面積極的角色，許多「成年兒童」在帶孫過程中得到了力量。

這些年我投身在社會運動和接觸社區營造的時間變多了，這些經驗讓我對現代的年輕人有很不一樣的認識。他們絕對不是我們想像的那種不堪一擊的草莓族，他們面對挫折和困境時所表現的智慧、冷靜和勇氣，遠非我們這一代畏首畏尾所能比。對於公共議題的關心也已經深深扎根在他們的日常生活中，對於某些舊事物和老東西的珍惜眷戀，往往比真實生活在那些時代的人還更強烈。

臺灣近幾年一波又一波壯闊洶湧的公民運動，有不少都是由還不到三十歲的年輕世代所領導，二〇〇八年十一月的「野草莓運動」成了這些公民運動的最早發難者。雖然「草莓」前面加了個「野」字，當時被不少人冷潮熱諷，因爲野草莓畢竟還是草莓。但事實證明這些都只是來自大人們的短視和偏見而已。**我深信一個全新的自由民主社會，將在這個年輕世代手中逐步完成，我們大人們只能成爲他們的支持者和追隨者。**

所以請收回大人們發明的「草莓」「啃老」「媽寶」這些充滿誤解和歧視的詞彙吧，那只會凸顯大人們的倚老賣老和缺乏同理心而已，更凸顯了大人們的無知和傲慢。

當年輕世代用各種方式挑戰大人時，大人們開始陷入恐慌，急著汙名化年輕世代。因爲大人們不能接受年輕世代在各方面已經超越了自己。

那些大學、那些科系，不值得你去讀

嚴長壽先生在一場關於教育的座談會上語出驚人，他說臺灣有三分之二的大學科系不值得去讀，包括部分名校的科系。

如果繼續深入探討他這些話的背景，應該是和臺灣當年在教改的大方向下做出的錯誤政策有關。當年四一〇教改的訴求之一是廣設高中大學，希望臺灣的高中大學不再是一道窄門，降低國高中生的升學競爭和壓力，也可以滿足所有學生繼續深造求學的渴望。

但是當初提出這個訴求，其實還有個配套的期待，那就是要政府增加公立大學的比例。臺灣的公立大學只占所有大學的三成，連美國都有八成，可見這才是臺灣的高等教育失衡的關鍵點。

結果政府採取的是反其道而行，將資源和經費投向許多在師資設備環境各方面都很欠缺的專科學校，讓他們升格成爲普通大學或是科技大學。後來造成許多來自經濟弱勢家庭的孩子，反而貸款去讀一些教學品質惡劣的「大學」，不但浪費了寶貴青春，畢業後還背著沉重的學貸進入社會，結果是貧富的差距更大了。而超額的博士、碩士班的招生，更是讓一些學生找到暫時不必去工作的避難所。這不是教改的主張錯誤，而是政策朝著與改革相反的方向執行。

如果光只針對嚴先生所說的三分之二科系不值得讀這句話來解讀，當然會令許多大學師生感到不滿。我從這些不滿的言論中，看到另一個更深刻的臺灣高等教育問題。有些人說，那乾脆將最沒有用的科系，例如中文、哲學、社會，或是那些只讀理論的科系統統停掉好了。有些人更委屈地說，他們學校已經花了最大的力量讓學生們參加各種與產業結合的實習課程，希望學生畢業後能找到適當的工作。

換言之，許多人都誤解了所謂「不值得去讀」中的眞正「不值得」的意思。這也難怪許多大學在很早之前就紛紛將一些聽起來「沒有用」的科系名稱，改得務實、「應用」些，也增加了許多聽起來比較好找工作的科系。

我們的大學何時成了職業訓練所？更何況這個訓練所還不一定能學到一技之長。

關於人類的知識，我聽過一個很有學問的長輩的說法：「我的書架上只有兩大類的書，一種是文學，一種是數學。如果還有第三種，那就是哲學。」他說所有其他的知識都是從這些知識中衍生出來的，就像是色彩中的三原色。他問我說，世界上最聰明的人是哪一種人？我說應該是科學家吧？他笑著說，錯了，是哲學家，因爲他們有抽象思考的能力，而**抽象思考的能力對人類的文明演進實在太重要了。可惜啊可惜，我們的學校從來不重視這個。**

太重視實用和職業訓練的結果，正是目前大學教育最大的扭曲現象。

最近臺大社會系的何明修老師對畢業班的同學做了場演講：「社會學如何能成爲一種志業？」引起不少年輕人的迴響。

他說：「教育的任務不應該自我限縮，不能只滿足於讓學生學習特定的技能，而是在於形塑一種不斷學習的能力，培養一種開放的心胸，能夠正面因應變動，而不是試圖逃避……相信，你們之中，未來會有能寫出見樹又見林的報導文章的記者、具有創新精神的公務人員，以及同時兼顧員工權益與組織效能的人事主管。**職業不能取代志業，但是要實踐志業，卻需要透過職業的管道。**」

所以大學不應該是職業訓練所，更不是藉由產學合作的計畫，讓企業主得到免費或低廉勞力的學店。在日新月異、變化萬端的未來世界裡，一方面知識取得透過網路科技，已經比在學校上課聽講要有效率多了，另一方面，誰也無法預測在未來世界的工作還有多少是全新而陌生的。

因此最好的大學教育，除了能給予學生應有的基本專業知識外，更應該讓學生在大學所擁有的自由而豐富的學習環境中，感染到一種主動學習、持續學習的風氣，這種風氣可以讓學生在**走出校園後，依舊有能力透過新的學習找到解決問題的方法**。

好的大學教育是要協助學生找到未來個人想要實踐理想的大方向，找到自己和社會的連結，激發出內在的熱情和對外在世界的關懷。好的大學更能開拓學生的視野和胸襟，讓學生更有氣質。不管將來出了社會選擇什麼職業，做什麼工作，都像是一個眞正受過大學教育薰陶和洗禮過的「大學畢業生」。

如果一所大學、一個科系不能提供這樣的學習環境和師資，那就是一個不值得你虛耗青春的地方，你應該考慮一下其他的選擇了。

經營人脈何需花錢，別教壞下一代孩子

最近有個成功的企業家在一所大學演講時說，如果薪水不到五萬元不要儲蓄，應該將錢花在經營人脈上，不夠的可以向父母親要。臺下的年輕人聽了很爽，歡聲雷動，透過媒體報導後果然引發了很大的反應。

如果你問我對這件事有什麼想法，我可以簡單地告訴你，這就是當初他們想要達到的目的：企業家唱作俱佳，連道具都帶了，又再上了一次媒體版面，又爲自己的企業打響一次知名度；連邀請企業家的那所大學也搏到一次版面。

老實說，這樣的報導對那些畢業之後連三萬元都領不到、每天做牛做馬的年輕人而言，一點幫助也沒有，甚至還有一點點吃他們豆腐的味道。

因爲那些企業家們很快又會說出一堆他們無法給年輕人太高薪水的原因，可不是嗎？聽聽看他們口中的各種理由：「臺灣的年輕人太習慣安逸了，吃不了苦、不耐操。」「臺灣的年輕人英文普遍都不夠好，差香港和新加坡太多了。」「臺灣的大學太多了，所以學生素質普遍低落。」「臺灣的大學生缺乏一技之長，畢業後無法立刻派上用場。」

然而事實的眞相是，臺灣年輕人薪資非常低又耐操，企業家可以在錄取他們後，藉機淘汰年紀較大、薪資較高的職員，造成另一批中年失業人口。

關於年輕人薪資不到五萬元，可以向父母親伸手這件事，我沒有太多的看法。因爲臺灣的貧富差距越來越大，有些年輕人的薪資不到三萬元還要養父母親、還要攤還學貸，有些年輕人至少可以住在家裡吃父母的、用父母的，有些年輕人買房子的頭期款都是父母親出的，有的乾脆就住進了父母親替他們買好的房子裡。

現在年輕人結了婚生了孩子後與父母親同住的大有人在，因爲兩個人的薪水加起來永遠買不起房子，造成新的三代同堂現象。所以年輕人向父母親伸手這件事，有時眞的是殘酷的大環境造成的，並不是他們好吃懶做，許多父母親也都認清了這個事實，不太忍心責怪孩子沒有能力賺更多的錢。

倒是將錢拿去「經營」人脈這樣的說法，我很不能同意，或許我很討厭「經營」這個充滿功利的字眼吧。整個社會充斥著如何經營婚姻、經營親子關係、經營自己、經營人脈這樣的論述，說穿了就是凡事都有個目的，是功利的，而不是從內在的情感出發的。

愛本身不是靠經營，同樣的，人脈也不是。透過經營的人脈叫做公關，是出於利益交換的，一點也不可靠。有些人朋友很多，那是出於他的個性，因爲熱情、慷慨，樂於幫助別人，自然會和朋友們維持很好的關係。有些人因爲工作認眞負責，爲人正直可靠，能力也不差，於是他在朋友之間的信任度必然很高，每當有人想起某個工作需要某種人時，大家都會想到他！

反而是那些懷著目的（和生意業績有關）的人，爲了特定目的參加許多團體，與大家結交朋友，最後底牌亮了出來，會讓「朋友們」很尷尬，甚至有受騙的感覺，原來你對我那麼好，都是爲了這個目的啊。爲了「經營」人脈而去參加團體活動？動機不良！

這幾年我參加的公民運動，有些是要長期抗爭的，有的是要付出時間關懷的，我發現在這些活動中最有耐心、最能堅持的，很多都是年輕人，有些還是大學生，甚至高中生。

有一天晚上的一場活動裡，有個志工穿著畢業服到現場，參加我們的活動，她和大家一一合照，因爲她就要回去遙遠的故鄉屏東了，她說她先要回去陪陪家人再去找工作。我不認爲她參加我們這個已經持續了一百天多的公民運動，是爲了經營她未來的人脈，當初大家只是因爲相同的理念結合在一起，不知不覺在活動中成了好朋友。這段時間，她並沒有向大家索討什麼，一直以來，她只有默默的付出。她不需要花錢刻意經營人脈，現在，她已經擁有各種不同年齡的好朋友，而且都是很眞誠的。

我不懂經營，所以我成不了一個企業家。我只想告訴年輕人，千萬別太早相信社會上那些包裝、公關、經營，甚至成功的說法。**許多成功的人成功的眞正原因，都是因爲時勢造英雄，時勢是說不出道理的。而你賺得到多少錢、能不能存下一點錢去做你想做**

的事情，那都是你自己的事。

至於花錢經營人脈？別傻了。別太相信那些不同世代自以爲功成名就的成功者說的「智慧語錄」，天底下沒有那麼簡單的智慧語錄的。

教育的目的，在於免除人的恐懼

去年是四一〇教改運動的二十週年，今年，臺灣最大規模的一次教改上路了，十二年國民教育的實施已經啓動。今年的九年級學生（過去的國三生）是第一批十二年國民教育實施下的三十萬隻白老鼠。

據說，大部分的校長和老師在向家長們解釋最新版本的十二年國教入學方式時，會說得舌頭打結，因爲那個方案的複雜及荒謬，是難以形容的笨，抱歉，眞的，就是笨。你可以從原來簡單的免試和免學費，到現在的要會考而且變得非常複雜，到要排富、高中要繳學費，看出政府這種拼湊式的改革！

這也是當年爲什麼來自民間立意良善的四一〇教育改革運動，後來變得千瘡百孔的原因了。所有的問題，都來自無法從整體結構和思想上做徹底改變，只改變了制度上的皮毛，又大量遷就了原有的教育現況，又想滿足家長，結果是搞亂了整體結構，一場革新成了混亂的鬧劇。

這二十年來，臺灣歷經了政治上的兩次政黨輪替，教育部長到底換了幾個，他們爲臺灣的教育制度做出了哪些貢獻，說實話，很少人能說得清楚。反而是在體制外曾經做出許多具體建議，埋頭用功撰寫許多教育改革論述的黃武雄老師，是我們一定會記得的重要人物。

學數學的黃武雄老師除了推動四一〇教改之外，三年後又繼續提倡社區大學，到近幾年提出了千里步道運動。他對於臺灣的社會、教育和環保有一套很完整且一貫的論述，始終如一，清楚而堅定，不像政治人物施政時隨著民意修改那樣，少了核心主張和思想。

黃武雄老師曾經說，關於教育的基本觀念，他最欣賞克里希那穆提的說法：「教育的目的，在於免除人的恐懼。人越了解世界，越了解自己在這個世界中的位置，越能免於恐懼。」而事實上，我們臺灣的教育制度和方法卻是反其道而行。

黃武雄老師認爲我們在學校學得越多，反而越恐懼。他曾經這樣批判臺灣的教育：「我們只會在孩子身上堆積一些缺乏意義，又不經反思的知識，以爲要他們堆積這些知識，去擁有地位與財富，結果呢？人擁有越多，越怕失去，因此心裡永遠是恐懼的。」

克里希那穆提曾經用一句話總結他這一生傳播的許許多多觀念，他說：「我只教人一件事，那就是觀察你自己，深入探索你自己，然後加以超越。」黃武雄老師強調，每個孩子身上都有自己原本的創造力，教育的最終目的，就是保護著每個孩子們自身的創造力，從他們本身的經驗世界出發，透過所學習到的活知識與外在的世界連結。

他認爲在教育過程中找到自己眞正的興趣和能力，那種教育才會帶給人喜悅和快樂。不然教育帶給孩子的都是挫折和痛苦，孩子無法從這樣的教育中變得更自在、更有自信，更不知道自己未來的人生要什麼、做什麼。

許多人反對教改的理由，是認爲教改所強調的，學生在受教育的過程中老師所採取的放任和自由的態度，會讓學生失去基本的文明傳承和基本知識的學習，甚至失去「競爭力」。黃武雄教老師爲此提出了解釋：「我從來沒有反對過文明傳承，我一生用一半以上的精力，做的無非就是這件事，到今天猶日日寫書，想把前人艱深而美麗的數學成就盡量白話，讓下一代領悟。但我主張要傳承的是文明中那些好的、令人讚嘆的東西，而非封閉的心智、扭曲的價值，與平庸的見識。」

黃武雄老師提到，**臺灣傳統的教育觀念，是強調「人與人」的競爭**，所以才會用各種方式達到人與人競爭的目的，包括大大小小的考試、評鑑、排名、分等級、分班，使得我們的學生日日夜夜活在挫敗中，總是認爲自己成績考試不如別人，應該被社會淘汰。

在這樣扭曲變態的教育制度下，已經有太多太多的孩子成了犧牲的祭品。教育要改革，是改革教育的制度和教育的方法，要教育孩子「人與事」爭，把事情做到最好。教育不要走過去的老路，不要教出和我們這一代一樣笨的大人。我們大人要對自己是扭曲教育制度下的不良產品有所自覺，我們要教出比自己更好的一代來。

黃武雄老師很少談及品德教育。他說人因爲自己的興趣而投入工作，從中體會出來的價值，這裡面經常蘊含著品德。對學生們大談道德這些充滿教化意味的東西，往往容易流於僞善。而且，大人眞正的動機，也不過就是藉由這些道德範本來屈服孩子，馴化他們成爲不敢反抗、不敢思考、不敢創新的乖孩子而已。**善與美時常座落於眞之中，讓孩子保有赤子之心，誠實面對自己，有了眞，品德何需教育？失去了眞，其他一切都是假的。**

我們的孩子日日夜夜被關在學校裡面，可是眞正的學校卻是在窗外。我站在窗外看著教室裡的你，也會想起當年被關起來的自己，到了現在，我依舊天天做著考試的惡夢，常常在黑夜中驚醒，泫然欲泣。

學校就是一個鞏固共犯結構的有效單位

許多許多年以前，我剛剛從師範大學畢業，被分發到一所位於半山腰的國中任教。那是一個充滿了各種禁忌，非常保守的年代。

學校除了男女分班外，還有很多現在看起來很荒謬的校規，包括男女生不得談戀愛等。

有一天，我的國一導師班上全校第一名的阿光，很嚴肅地走進教師休息室，向我深深一鞠躬，遞上一封信說：「報告老師，有女生給我寫情書。現在我要檢舉她！」

我接過那封情書，笑嘻嘻地問這個成績優秀到根本不用我教的阿光說：「所以你連看都沒有看呀？」他肯定地點點頭。

我問他：「在這個世界上，如果有人喜歡你，甚至愛你，是好事還是壞事？」他傻傻地笑了起來。我再追問下去：「如果世界上有個人向你表達喜歡你，愛你，你應該對她深深一鞠躬說，謝謝你。結果你反而檢舉了她，這是不對的。」

「可是訓導處有規定，如果收到情書要交到訓導處，寫情書的人要記過。」

「恭喜你，有女生仰慕你。你把這封信好好保存著。不要出賣了一個喜歡你、仰慕你，甚至愛你的人。」

阿光雙手接過情書，摸著光光的腦袋，很迷惘地笑了起來。他聰明到每一個科目都接近滿分，我常常覺得他根本不需要老師。所以，我唯一能教他的便是愛。

有一天經過訓導處，有個男老師正用一條很長的藤條，猛抽一個國二男生的全身上下，比新加坡的鞭刑更甚，因爲鞭刑還有一定的審判和規則，他那樣的打法是洩憤，是復仇。

我實在看不下去，就阻止了這場「合法暴力」，說：「這是我教過的學生，交給我來處理。」

那個男老師還在氣頭上，差點連我一起鞭下去，最後男老師交給我一封信，說：「他竟敢寫信侮辱、騷擾姜老師！」那封信大意是說，姜老師，妳教得很好，也很美麗、溫柔，我們大家都喜歡你。

我看著信，再看著被打得渾身是鞭痕的男生，心裡一百個二十個問號。已婚的姜老師長得甜美豐滿，連我都忍不住多看她幾眼，更何況是正値青春期的男生。

後來我去找姜老師談這件事，她說是她的老公打電話給訓導處，要學校好好「處理」這個學生。一封發自學生內心眞誠的讚美信，有什麼罪？

那是一個老師會將課本上有關生殖和性教育那一章刻意跳過去不教的奇怪年代。好像那種「骯髒」的事情只能做不能說，在課堂上老師更是難以啓齒。

我雖然被學校分配教數學和化學，但是我偏偏去師大借了幾部性教育的影片，將學校買來卻沒有人啓動過的放映機好好利用一下，放給國二的學生們看。學生們站起來要關窗戶，說怕被別人發現，我告訴他們說，將來每班都要輪流看，這種事情並不「骯髒」，我們要誠實面對自己的生理發育，更要用很健康的心理來面對。

後來有家長向學校檢舉我在教室放A片，校長約我去談，他稱讚我教學很認眞，但是家長們要的是學業成績，他說他只是轉告一聲。其實這個校長非常挺我許多特別的教課方法，人也非常正直，在不久後的一場大規模的國中校長集體收賄貪汙案中，他是少數倖免於難的。而我也就只教了那一年，不再回頭。

是的，就像我遇到的這位好校長一樣，從過去到現在，在我們龐大的教育體系中，還是有很多正直又有教育理想的教育工作者，在整個混亂又封閉的教育共犯結構現場中奮戰不懈，但是這些人一定是很寂寞的。

因爲當年臺灣的各級中小學校，都是爲了方便管理而存在的，類似集中營的設計，從威權時代一路走來，由上而下、從裡到外藏汙納垢，關說、走後門、送紅包賄賂，一點也不輸給其他地方，但是對學生的管理卻又是滿口禮義廉恥忠孝仁愛。

在二十一世紀已經過了十多年的今天，從荒謬的校園管理依舊無所不在，便知道這個教育體制有多麼牢不可破了。有校長鼓勵學生互相檢舉談戀愛的同學，檢舉者可以記大功發獎金兩百元。校長如果看到男女學生有親密行爲，就是過去賞一巴掌。也有學校規定，如果發現有同學替別人代遞情書或是禮物，也要記過。還有學校規定，男生女生走在校園要保持一公尺的距離。更多學校是不准學生用校刊或是報紙批評學校的種種規定，更不允許學生參加社會上發生的聲援弱勢的活動，說那是想搞學潮。

臺灣從威權控制的時代，一路走到標榜民主自由的社會，我們學校教育的理想是什麼？不過就是藉由嚴格管理壓制基本人性，藉由各種處罰扭曲美好價值，在教室裡不停傳授學生們可以繼續考試升學的死知識的功利場所罷了，讓孩子提早進入一個僞善的社會。

孩子們原有的善良和愛，還有學習的熱忱，在這個巨大而冰冷的共犯結構中，一點一點被壓縮，最終萎縮凋零。眞是可悲。

我們的新雞排英雄

媒體曾經報導有個讀到博士學位後卻放棄教職，回到自己故鄉賣雞排的年輕人的故事，然後有個沒有高學歷卻功成名就、人人欽羨的大企業家，很生氣的批評了這個博士生浪費了國家資源，因爲「炸雞排」哪裡需要讀到博士學位？

這件事情經過媒體報導後，博士生的雞排店生意翻了兩翻，他的店面成了參觀景點，他也準備開連鎖店。最近他受邀到大學校園演講，談論自己對教育的看法。他說如果人生可以重新來過，他不會去唸博士。他語重心長的說，不要因爲失業，勉強自己繼續讀更高的學位。他還強調文憑只能用一次，每個人都得重新當社會的新鮮人，在眞實的社會中重新工作、學習和生活。

我非常同意他在大學中所說的那番話，但是，我不贊成他說，如果能重新來過，他不會去讀博士學位。別忘了，就是因爲他擁有博士生的身分，因爲失業，才逼他回到家鄉賣雞排，加上又有個企業家不明就裡的罵了兩句，這樣的故事透過媒體報導，才成就了今天的「新雞排英雄」。

其實，整件事情只凸顯了兩件殘酷的社會現象：高學歷高失業率，和萬般皆下品唯有讀書高的士大夫觀念。

博士生決定去賣雞排，是出於無奈的選擇，高學歷高失業率，是整體社會失業率高居不下和臺灣高等教育嚴重失衡失能的結果，如果他能有學以致用的法律工作，他是不會去賣雞排的。因爲在賣雞排之前，他也曾試著從事房屋仲介的工作，或許房仲業也很不景氣，或許他不能適應這種看人臉色的服務業。所以，雞排不是故事的重點，失業才是。

企業家罵的更沒有什麼道理，說穿了，還是傳統舊社會對所謂「博士」的嚮往和想像。其實臺灣早已進入學歷通膨的時代了，有時候學歷越高反而越沒有工作機會。況且接受教育不只是爲了將文憑當成找工作時的憑證，更多的意義在於自我知識和內涵的提升。

如果從這樣的角度來看，有博士學位的人，爲什麼不能從事專業知識以外的工作？炸出好吃的雞排也需要不少專業技術吧？如果陸續成立連鎖店，漸漸成了中小企業，那就需要更多的專業知識和能力，那時候博士的法律知識可就用得上了。當年大企業家的事業版圖，不也是這樣一點一滴打造起來的嗎？怎可看輕炸雞排這件事情呢？

其實這個「新雞排英雄」的故事，對於臺灣的教育制度倒是有一個很重大的啓發，那就是：**太會讀書的孩子，往往失去提早發現自己眞正的能力或潛力的時機**。

這位博士生就是因爲一路讀書太順利了，結婚生了三個孩子後，才遇到人生的大挫敗——離婚，他抵抗挫敗的方式，竟然還是繼續攻讀博士，因爲他只會讀書，那是他的強項。直到他發現博士學位並不能解決他的挫敗，才使得他有了深切的反省。他決定放下身段回鄉賣雞排！

炸雞排讓他學會了謙卑和感恩，這是學校裡沒有教過的功課。

在這種困頓中他將錯就錯，將計就計，借力使力，於是成了我們社會的新雞排英雄。

5 6 7
12 13 14
16 17 18
26 27 28

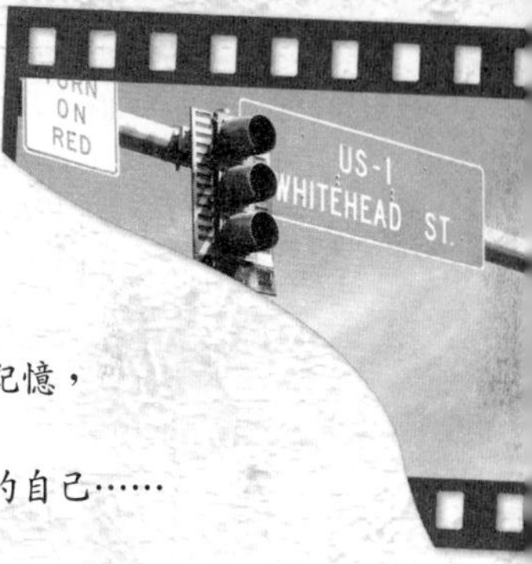

輯三

我們的內心深處住著一個小孩，帶著出生以來的所有記憶，
所有的痛苦和悲傷，化作了潛意識。
當我們凝視著孩子們時，彷彿正凝視著我們早已遺忘的自己……

不要停止你的追求，直到生命的盡頭

1

二〇一二年下半年之後，我常常想多知道關於魔羯座的種種，之前我對這個星座一無所知。應該說，我一直對星座沒有太大興趣。

有個每週都要看星座運勢的朋友告訴我說，魔羯座的人通常都是堅持到最後，異軍突起打敗眾人，贏得最後勝利的人。他說，如果天蠍座是魅力四射的明星或領袖，那麼魔羯座便是非常內斂、忍耐，最後打敗天蠍座的人。毛澤東便是這樣打垮蔣介石的。對了，還有李登輝。朋友分析說，看看他如何像乖寶寶一樣唯唯諾諾的坐在蔣經國旁邊，一旦坐上大位，幹掉政敵毫不手軟。天蠍座的人最怕遇上魔羯座的人。

朋友故意再強調一次，他知道我從小就是愛出風頭的天蠍座。他暗示我說，一路順遂的我，在人生的下半場終於要遇到勁敵了，而且一次就來兩個。

2

事情要回到二〇一二上半年即將要結束的六一九。

那天下午接到女兒的電話，那種一貫的、沒有情緒的平淡口氣，喂，企鵝，你要當外公了。哦，我也回報以淡定的語調，哦？是嗎？幾個月了？她說，三個月吧。我努力壓抑著愉悅的心情，回答說，哦，恭喜。要保重。

我們父女之間習慣用這樣酷酷的語氣，連她去法院辦理公證結婚，也都是用簡訊報備一聲，反倒是我趕快打個電話去，連聲恭喜恭喜，讓自己活得像個爸爸，而不只是一隻企鵝。

做爸爸眞的很難，才結束和女兒的通話，腦子裡閃過的竟然是兒子和媳婦安妮。做妹妹的後來居上，會不會給他們壓力？

當這樣的意念才閃過，手機響了，是兒子。企鵝，你要當爺爺了。口氣難掩喜悅。天哪！我叫了一聲。心理學家榮格的理論在這一瞬間又一次得到印證。幾個月了？企鵝的語言總是重複。兒子說，三個月了。春天播種，十月懷胎，次年一月收成。

兩隻皆魔羯座。故事就是這樣開始的。

3

榮格到底說了些什麼呢?當許多人在駁斥他的理論太玄奧而不可測量時,我在漫漫的生命旅程中,卻常常撞見那些不可測量的巧合。他說的共時性對我而言幾乎經常發生,時間上的巧合都是有意義的,人與人的感應,事與事的因果,還有預感的奇妙。

就像六一九,每年的初夏,六月十九日都會發生一些有重大改變的事,像遞出辭呈之類的。

二〇一二年下半年,我經常從手機或電子信箱收到兩個孫兒的X光透視圖,那是一種智力測驗,從各種角度預測,做出判斷。兒子會這樣形容:「那個白色的7是鼻骨,又高又挺,非常明顯!還有特大號的頭顱,太重了,都要用手支撐著!是我們家族的特徵!」女兒的口氣難免有些沾沾自喜:「手長腳長,連X光都拍不到!像他爸爸的遺傳,他舅舅有一九三公分。只有鷹勾鼻像你。」後來收到的幾張照片,簡直是達利的超寫實主義作品,被擠壓過的超大鼻子旁邊那條是臍帶!

4

猜。猜。猜。從夏天猜到秋天,冬天答案就要揭曉了。

二〇一二年年底，我去美國的前六天，特別請女兒吃頓飯，父女倆討論從哪一天開始請產假比較妥當，當時行動敏捷的女兒輕巧地走動著，完全不像是孕婦。

沒有想到，就在我搭上飛機後，外孫比預產期提早了十八天，搶在射手座的最後一天出生，他有一雙超大的眼睛。女兒說這個孩子眞體貼，頭朝下已經很久了，一下就溜出來，都還沒有用力呢。不久前我去京都旅行時特別替女兒和媳婦安妮求了兩個御守。女兒說她想要去京都還願，因爲一切太順利了。半個月後，當我登上了加勒比海的迪士尼郵輪時，另一個孫子也提早出生了，據說哭聲超大，媳婦叫他「小喇叭」。不過他很快又有了許多新的暱稱，果子、果果，聽起來都很可口，像是沾了糖粉或是巧克力。媳婦安妮最愛吃甜食。

5

我是一個在加勒比海上漂流的阿公，在那遠方的故鄉島嶼上，我又多了兩個新的家人。

我想起上個世紀九〇年代，我寫了第一本親子散文集《給要流浪的孩子》。我現在很想寫一本《給要流浪的阿公》，因爲再不流浪就太晚了，就來不及了，因爲，兩個孫子都出來了。

上午我躺在郵輪四樓甲板的躺椅上，看著雲和海。提著小小油漆桶的工人正在油漆著船舷上的接縫處，他專心地漆著一處很不起眼的轉角，漆完後還站著看了又看。大人帶著小孩來搭郵輪海，體驗海上浪漫的一瞬間，享受快樂的一剎那，卻是要由一大群人維護著這種感覺。

眞實的人生中，絕大部分的孩子是不可能永遠當公主和王子的。可是，大人爲何要給孩子們這樣與眞實人生不完全相符的旅行？甚至是一種錯覺？以爲人生從此便是如此被眾人仰望，疼愛？

或許是一種嚮往和補償吧？在我們成長的年代，大部分人擁有的是連玩具都沒有的童年。大人擔心孩子貪玩、不能吃苦、長大沒有謀生能力，玩樂和享受都是很罪惡的事情，如果孩子向大人多要求一些快樂，大人的回答通常是，沒有。或，你憑什麼？你又不會賺錢。長大以後再說吧。

6

下午我坐在加勒比海郵輪九樓甲板靠窗的地方發呆。有陽光、有風，還有孩子們玩水時發出的尖叫驚喜歡笑聲陪伴。看海。看雲。看風。暖洋洋的海風會透過各種方式讓我看見、聽見。被風吹落的杯子，少女翻飛的長髮，和無所不在的咿咿呀呀。聽著孩子們歡樂的尖叫聲，什麼都不做，就是發呆，太幸福了。

此時此刻，我們在加勒比海的郵輪上，靠著一大群人維護著這種幸福浪漫的一瞬間，我忍不住拿起照相機，開始捕捉行經的孩子快樂的表情。我忽然想到了什麼，趕快從電子信箱找到我尚未謀面的外孫的照片。

有一張笑起來瞇著的眼睛似乎偷偷張開一些些，另外一張則笑得更徹底，眼睛成了兩枚細長的彎月，大大的鼻頭因爲笑而被擠得更大了。於是我把 iPad 上的「末日射手男」的照片架在桌子上，試著把加勒比海的陽光、空氣、水，還有其他孩子的歡笑快樂身影與他分享，我試著將他的笑容融入這樣的情境。我把他的笑容拍入加勒比海的海天一色中。

7

已經升格成爲阿公的我，繼續在遠方旅行。在美國南方幽靜的小鎮上度過聖誕節、跨了新年，在美國國土最南端全是早期西班牙式建築的 Key West 街道上散步，在海明威住過的屋子和杜魯門住過的小白宮裡流連忘返，在墨西哥沿岸的馬雅古文明遺址上望著太陽照射的方向，泅游在有許多魟魚生活的海域。對照著孫子們在海島故鄉出生時，大人的緊張、忙碌和亢奮，正在遠方旅行的我，簡直像是個陌生的局外人。

可是當我漫步在美國最南方的 Key West 島，在銜接美國本土一號公路的「白頭街」上，出現了一個「0 mile」的標誌時，我忽然非常強烈的想起剛剛才出生的孫子們。「0 mile」意味著他們的人生正要出發，一切從零開始。

從這一刻起，孫子們將躺在母親的懷裡吸吮著溫熱的母奶，剛開始，他們只能藉著哭聲來提醒大人他們身體的需要，餓了、渴了、尿溼了、大便了。漸漸地，他們會開始辨認哪些大人會在他們哭的時候，第一個衝進來說，喔，乖乖，抱抱。這極可能是他們將來最先學會的語彙，抱抱，抱抱。但是大人們會很開心地說，你聽，他在喊「爸爸」，或是喊「媽媽」。大人常常會用自己的想法和感受，很輕易地移情到嬰兒身上，因爲大人無法很「精準」地知道嬰兒眞正的想法和感受。

8

就像孫子們也可能會聽到一個大人在阻止另一個大人說，讓他哭吧，別急著去抱他，讓他學會「獨處」，不要養成「依賴」，書上和網路上都這樣寫。這就是大人。

大人們圍繞在嬰兒的身邊，七嘴八舌「認眞」地討論著，要如何「對待」嬰兒才是最「正確」的。孫子們將和圍繞在他們身邊七嘴八舌的大人，和可能冒出來的大孩子們互動著。然後，大人會試著用推車推著孫子們出去看外面的世界，大人會指著孫子們身邊的東西說，寶寶，你看，花花，狗狗，鳥鳥。樹樹。我不太明白爲什麼大人遇到可愛的小孩時，所有的字都要重複，就像兒童節目裡那些裝扮成水果或動物的大哥大姊們，總要捏著鼻子尖聲尖氣的說，小朋友！開不開心？

Key West 島上的「白頭街」那個「0 mile」的標誌，眞的讓我有點觸目驚心。尤其是到了我這樣的年齡。因爲，我忍不住會這樣想著，當有一天，孫子們漸漸長大，甚至有了點年紀，甚至「白了頭」之後，他們可能會有非常多的煩惱和想不通的事情，這時他們去請教智者，智者也許這樣告訴長大以後的孫子們說：「你們的內心深處住著一個小孩子，他們帶著出生以來的所有記憶，甚至是地球誕生時就存在的記憶。所有的痛苦和悲傷，化作了潛意識的存在。你們先要和內在的小孩和平相處，向他說謝謝你、對不起、我愛你。然後內在的小孩就會和你一起將痛苦記憶清除。清除後，那個地方就歸零，完全空白。光才能照進到空白處。」

此時此刻的孫子們，不就是我們這些大人們內心深處那個擁有原始心智的小孩嗎？當我們凝視著這些嬰孩時，彷彿正在凝視著我們早已遺忘的自己。

9

二〇一四年四月二十一日中午，我的第三個孫子搶在金牛座的第一天成了臺灣人。

這一天是媽祖誕辰，也是英國女王的生日，在鑼鼓鞭炮喧天的吵雜中，他靜靜躺在媽媽身邊，也許還以爲睡在媽媽子宮裡嘈雜的海洋中。和他前兩個才一歲多的哥哥一樣，一副很有架勢的模樣，大眼、大鼻、大耳，和一雙超長的腿。查了一下出生斤兩，哇，好重，是統率三軍的命格。我對著他說，如果長大以後遇到了獨裁者，記得要率領三軍政變呀，阿公會挺你的。

一年多前，前兩個孫子只差半個月前後出生，那時我正與家人在美國南方和加勒比海的渡輪上旅行，沒有趕上他們剛剛誕生的那一刻。這一次，終於在第三個孫子出生後三小時便趕到醫院了，之後的兩天我都負責給女兒送食物，搶著在表格上塡餵奶和大小便的時間，還故意簽個字以示「專業」，其實是難掩喜悅之情。望著在醫院的房間沉睡中的女兒和孫子，想起女兒出生時我的心情。

我當時是這樣寫的：「女兒出生在一個春天的週末……一切都有神在庇佑：果然，中午以前，而且是個女的。可惜大眼、大鼻、大嘴，是我的翻版，醜得令我心驚……女兒出生後，很安靜，很少哭，作息時間完全配合我們，好像一出生就是來安慰我的，她像一個天使。」

轉瞬間，這個春天午前出生的天使，已經成了兩個小男生的媽媽了。我曾經默默期待著女兒平安長大，成爲一個快樂、堅強、豐富的女孩，結果上蒼給她的禮物遠遠超過了我的期待。

對我而言，世界是殘酷而溫柔的，每個父母親的教養態度都取決於自己的記憶和經驗，你得先摸清楚自己的成長，才能從容自在地面對你的孩子。

如果要說孫子有什麼期待，我還是希望他們具有創造力和同情心。我承認自己對虎爸虎媽那套自以爲是的訓練非常厭惡，覺得把人當工具非常變態。對於另一類從西方引進的教養手冊也不認爲是完全可遵循的。

我曾經有十年的時間在家工作，有非常充裕的時間陪伴兩個孩子走過成長和叛逆青春期。我依舊不停地犯錯，但是也不停地反省和修正，在這過程中取得孩子們的信任，至少他們相信我是誠懇而認眞的想溫柔的陪伴他們。而世界到底殘不殘酷，要靠他們自己來體驗。

孫子們的教養和教育是孩子們的事，我一點也不擔心。因爲孩子們早已長大成人，他們會對未來的人生負責，我很有信心。

我在美國南方的小鎮上到處尋找最好的吸奶器、最棒的嬰兒背袋、最進步的奶瓶和一些有的沒的嬰兒用品。我看著架子上的各種玩具，並沒有太多一歲之前可以玩的，或許，一歲之前的嬰兒看到任何東西都只想要咬吧？

10

我希望，有一天，當孫子們長大以後，記憶中的「可愛阿公」是這樣的：「這個可愛的阿公很喜歡旅行，他常常一個人去旅行，有時候，他也會帶著我一起去。當他帶著我一起去旅行時，總是跟在我的後面，很開心而滿意地笑著，他總是拿著筆，記錄著我說出來的智慧語錄。」

我一定會很崇拜我的孫子們，就像過去我也很崇拜我的兒女一樣。因爲我有一個簡單的教養哲學，就是順著孩子本來的樣子，陪伴著他們，讓他們慢慢地長大。**只要眞誠的崇拜他們，他們就會朝著你崇拜的方向，很有信心的走出自己的人生。**

我將來給「孫子們」上的人生第一課是：「生命情境可以改變，人生夢想可以追尋，浪漫、快樂、幸福都是無罪的，而且不要停止你的追求，直到生命的盡頭。」

我最想做到的，就是孫子們長大後的記憶空白處，那道射進來的溫暖陽光。

笑著說故事的僕后

國王走出城堡，站立在橋上望著護城河，伸出他的右手掌，陽光映在他厚實的五根手指間無法穿透過去，因爲他將五根手指頭緊緊併攏，中間沒有任何間隙。

國王對僕后說：「我的五根手指就是我的五個孩子，是我的血肉、意志和靈魂的延伸。他們是我存在的全部意義，全部，妳懂嗎？」

當國王說「我的」時，他忘了這五個孩子其實是他和僕后生的，國王刻意遺忘了這一點。「國王的」五個孩子分別是金、銀、鐵三個公主，和銅、錫兩個王子，大姊金公主長得最像國王，也最得國王的賞識，她的地位就像是城堡中的皇后。國王最疼愛的是最小、身體最瘦弱的鐵公主，因爲她從小表現得最聰明伶俐，考試都是全校第一名。

僕后的廚藝很差，好的食材經過她笨拙的手都會成爲難以下嚥的食物，於是多才多藝的國王便教了僕后一些基本廚藝，國王常常溫柔地譏笑僕后說，妳連當一個僕人都不及格哩。和僕后比起來，國王能寫、能畫、能雕刻、能做菜，他是一個有點自卑又非常自戀的國王。

僕后深深愛慕著這個才藝雙全、長相英俊的國王，她心甘情願地讓自己像僕人般伺候著國王和「國王的」五個孩子。她對待自己生的五個孩子非常有禮貌，端水端茶洗衣，總是低聲下氣很謙卑，十足的僕人模樣。

有一次在餐桌上，金公主為了僕后笨拙的動作罵了僕后，老三銅王子看不下去，當場頂撞了大姊，結果國王制止了銅王子，銅王子一怒掀了餐桌。這是城堡內父子第一次大衝突，僕后感到一絲絲欣慰。她總是認為國王對待銅王子太嚴苛了些，私底下常常幫助銅王子避開國王的監督，去後花園玩耍。

不善家事的僕后原來是亂世裡一個貴族家的公主，在兵荒馬亂逃離之際，被來自蠻族的倖存者國王所救，兩人相約在遙遠的孤島上，建立起遠離人世的城堡。

國王是個孤兒，叔叔奪走他的家產，他從小就和守寡的母親相依為命。他極度沒有安全感，極度怕再失去什麼，生命充滿了恐懼和不安，有一種說不出口的憂傷和苦悶。國王在深夜失眠時，常常走到護城河畔對著夜空放聲痛哭，河畔的胡桐樹會替他流眼淚。胡桐樹的眼淚沿著樹幹慢慢往下滑，然後長出眼睛和六隻腳，長出翅膀飛上夜空，變成了淚蛾。

這些淚蛾常常在深夜的城堡裡飛舞，發出嚶嚶的哭泣聲，將已經睡著的五個孩子們嚇醒。這時候僕后就開始說故事，一個故事又一個故事地慢慢講，淚蛾的嚶嚶哭聲就會漸漸被故事聲蓋過，然後靜默。

僕后的故事就像是一首又一首的安魂曲，安慰著城堡中的每個人和淚蛾。聽了僕后的故事的淚蛾，第二天會變成一個個發亮的蛹，掛在城堡不同的角落，在夜裡散發著微光，讓半夜起床上廁所的孩子們不再恐懼。

有一天，銀公主起床上廁所時，忽然聽到掛在牆上的蛾蛹正在唱著歌，仔細一聽，是兒歌〈小星星〉，一閃一閃亮晶晶，滿天都是小星星，掛在天空放光明，好像許多小眼睛。於是銀公主叫醒了銅王子，他們姊弟倆蹲在地上，靜靜地聽著蛾蛹們唱著這首〈小星星〉。

這時候他們發現僕后並沒有睡覺，她蹲在廚房，用手洗著白天沒有洗完的一大堆髒衣服。銀公主和銅王子感動得熱淚盈眶，那一刻，他們感到很幸福，也終於明白，到底是誰撐住了這個充滿悲傷氣氛的城堡。

當五個孩子都長大了，僕后好寂寞，也好想念孩子，尤其是她最疼愛的，最小的錫王子。

遠赴美國求學定居的錫王子建議僕后繼續說故事，並且將那些故事錄下來，這樣就可以留給後代子孫們聽。於是僕后又開始每天講故事了，她講故事的時候，鐵公主還會在一旁拉胡琴配樂，就這樣，僕后一共錄了一百卷故事錄音帶。

很久之後的某一天，當已經成爲阿公的銅王子去河邊的聖誕屋探望他剛出生的孫子時，發現屋子裡傳來僕后講故事的聲音：「唐朝時有個既勇敢又會打仗的將軍，名字叫劉仁軌。因爲他很會打仗，所以皇帝非常喜歡他……」

銅王子輕輕推開了臥室的門，剛出生不久的孫子睡著了，屋子的角落有個小東西，僕后講故事的聲音緩緩從那裡飄了出來，她說的正是〈虎面婆婆〉的故事。說完這個故事後，她會繼續說〈水怪與木匠〉，然後是〈三隻眼〉〈劍俠陶林〉〈阿當〉〈龍女〉〈殷七七〉〈俏皮的麵包〉〈三隻小熊〉〈雙釘案〉……

僕后的故事有古有今，有人有鬼，有西方也有東方，你根本不知道她的故事到底從那裡找來的。

銅王子蹲在地上，靠近發出聲音的小東西，想更清楚聽到僕后的聲音。他從來不知道，動作笨拙的僕后的聲音是那麼慈祥、溫柔，甚至每個音符裡還帶著飽滿的笑意。原來僕后每次講故事時都是帶著這樣吟吟的笑意。他也從來不知道，自己曾經這樣幸福地長大。

銅王子蹲在地上，流著感激的淚水。

融化的時間與親情

時間

當飛機從日本再度起飛後，時間就像達利那個「融化的鐘」，已經不再那麼分秒清楚而刻度明確了。我不知道的是，其實我的第一個孫兒在這時已經呱呱墜地。

我不知道該在什麼時候調整手錶的時差，因爲時間已經漸漸被太陽融化了。我只知道，此刻飛機已經飛進了太陽照不到的地球的另一面，飛機底下是如無底黑洞的深深太平洋，飛機外面一片漆黑，飛機裡面也一片昏暗。

上了年紀的美國男性空服員說，今天飛機裡的燈忽然全壞了，這是很少有過的現象。難道傳說中的馬雅世界末日眞的就要到了？起飛後二十四小時正是傳說中的末日，末日後的時間又將如何呢？

我坐在靠走道的位子，隔壁靠窗的位子上坐著一個年輕女孩，她除了不時地玩著手機外，大部分時間都趴著睡覺。隔著狹窄的走道坐著與我同行的二姊，她喜歡走道，半年前訂機票時就已經挑了兩個走道的位子。她說她喜歡走道，隨時可以起身。其實我喜歡靠窗，就像此刻坐在我身邊的年輕女孩靠著窗，正搖晃著她的雙腿，似乎非常安全舒適。

靠走道或靠窗都是爲了擁有安全感。從小我們都在缺乏安全感的環境中長大，各自摸索出不同的方式來解決沒有安全感的問題。

終於又要踏上美國的國土了，這一晃，就是二十三年，正好趕上了免簽證入境美國生效之日。於是我半開玩笑地對朋友宣稱，是因爲免簽證才決定去美國一趟。其實這二十三年間，有不少機會或理由可以去美國，工作上的出差，或是參加兒子畢業典禮，但總是會找很多的藉口讓自己錯過各種機會。只剩下在美國定居的弟弟一家人，給了我重新踏上美國的動力，二十三年前的全家美國旅行，也是以探望弟弟一家人做爲行程的最後一站。

記得那一年去探望弟弟時，我們已經有好長一段時間沒見到面了。或許是因爲旅行了很久而非常疲倦，我望著弟弟輪廓鮮明的臉龐，竟然覺得自己看到的是一張爸爸的臉。而我就像是一個孩童般望著爸爸，那一瞬間的錯覺至今還記得。

爸爸對於時間有著異於常人、近乎自閉的敏感，他總是會在自己畫的畫或是照的相片，甚至隨手寫的感想後面註明時間，單位及至幾點幾分。他也常常要將牆上的鐘和手腕上的錶配合中原標準時間調整到分秒不差。

爸爸曾經在他的日記上描述著他重複做著的一個惡夢。他夢到自己將手腕上的錶脫下來，想上一點油，結果整隻錶忽然散開，所有的零件掉落在地上，他慌了，蹲在地上撿拾著小小的零件。

那年他四十三歲，弟弟出生也已經兩年了，要養活我們這五個孩子，爸爸對於未來，有著一種從未有過的茫然和無助，好像自己面對的是世界末日，再也活不下去了。他彷彿是要藉由分秒不差的時間，將自己的意志力緊緊拴住，不要讓活下去的意志力被混亂的時間感覺給弄散了，就像散落一地的鐘錶零件。

親情

從日本飛到美國的達拉斯是黑夜加上黑夜，如果能好好睡上一覺不知道該有多好，就像坐在靠窗座位的年輕女孩趴在窗邊早已沉沉入睡。偏偏我是清醒的，清醒得像黑夜中億萬光年之外還能看得到的一顆星體。我還不知道，在地球的另一端，我的第一個孫兒提早了十八天出生，微弱的哭聲曾幾度讓大家緊張。

我搭飛機很難入睡，我也不喜歡在飛機上看小銀幕的電影，有時連音樂都不需要。我習慣在黑暗中閉著眼睛胡思亂想，如同此刻。

時間在此刻凝結成一個多面的晶體不再流動，在黑暗而冰冷的空氣裡散發著令人目不暇給的耀眼光芒，我就是喜歡這樣的感覺。拜人類文明和科技之賜，讓我們可以用這種方式將自己騰雲駕霧，穿越大氣層，超越時空高速前進。離出發和到達的地點都那麼遙遠，漂浮在過去難以想像的高空中，我們什麼也不能做，除了冥想和吃著飛機上提供的食物。

時間硬得像一塊冰，直到美國的達拉斯機場，時間才又開始流動起來。

達拉斯機場的入境大廳排滿了各色人種。在下飛機前，二姊就不斷提醒我說機場的人潮會很嚇人，會像逃難一般恐怖。她去年此時曾經來過這個機場，耶誕夜她從亞特蘭大趕到這兒時，只因爲行李上的檢查貼紙掉落，重新接受入關檢查，差點沒趕上去拉法葉的飛機。

達拉斯機場分成四大區，透過環狀路線的接駁車載著旅客們到達不同的區域，阿亮提醒我們說，別急著搭接駁車，因爲入境後的那一區比較寬敞，可以在那兒休息夠了再轉到另一區。

我很喜歡機場的感覺，人來人往，拖著大大小小的行李箱，出發或歸來，家或是遠方，幾乎就是整個人生的縮影。在機場我很放鬆，可以捕捉到很多人生的切片。耶誕節前夕，旅客幾乎都是以「家人」爲單位，散落在不同的角落，對於一個寫作者而言，正是最好的想像時空，每個家庭都有不一樣的故事，而每個故事又正在進行中。

從達拉斯機場搭飛機到路易斯安那州的拉法葉時，飛行的高度較低，可以看到地面清楚的燈火，會移動的燈火是車子，不會移動的是房子和路燈。每次看這樣燈火輝煌的畫面，總是會想，人類將這個原本是日夜自然循環的地球徹底改變了，原本應該一片漆黑的黑夜也被人類弄得像白晝一般，對地球上的其他生物是極不公平的，有許許多多的物種因此消失。

路易斯安那拉法葉到了。弟弟帶著全全守候在機場的出口。二十三年前，全全還在阿亮的肚子裡面，二十三年正好是這個孩子的成長時光。全全最有興趣的東西是歷史和地理，還有氣候的變遷，還有飛機。他也最在乎自己曾經讀過的小學、初中和高中，所以明天的行程已經安排好去他所讀過的學校走一趟。

車子從機場開往弟弟家的途中，弟弟開始講解兩百年前（一八〇三年十二月二十日）的美國歷史，說起美國總統傑佛遜如何透過談判，從拿破崙手中取得自南方的路易斯安那到北方的蒙他拿的廣大國土。這一天正好是兩百週年。全全在一旁會糾正弟弟的小錯誤，因爲歷史的敘述是不能有一絲錯誤的。

耶誕夜，我收到全全的哥哥小安的禮物，是由達利的作品〈熔化的鐘〉所設計的一個軟趴趴的鐘。

「時間」在我這段度假的時刻，永遠也趕不上在臺北的時間，足足慢了十四個小時。我的時間已經被融化。這時我終於得知，第一個孫兒已經平安誕生在遙遠的海島家園的訊息，我的親情和時間，同時都被融化了。

攝影／林政億

如果人生能這樣一直躺著

醒來已經七點半，整個晚上都沒起來上廁所，和這段在美國的時間都不同。這是我們在美國路易斯安那州拉法葉的最後一天。昨夜下了好多雨，但是我睡得很深、很沉。有夢，但是很瑣碎，很輕，就像這一夜的雨，我一無所覺。

紅豆屋靜悄悄的，弟弟一早便去他的學校了，我們這個長長的美國假期完全是配合弟弟學校的放假。二姊起床了，她上了廁所，坐在床緣用手機寫東西，客廳到餐廳偶爾傳來弟媳婦阿亮的咳嗽。窗外的雨停了，有鳥叫聲。二姊聽到了，豎起耳朵，問我，什麼聲音，我說，是鳥叫。二姊說她以爲誰的手機發出嘰嘰聲。

我對二姊說，如果人生能一直這樣躺著多好，什麼都不用做，只躺在床上睡覺。二姊說，眞的讓你一直睡覺，也會很無聊。

是啊，我們的媽媽不就是這樣嗎？無病無痛，就忽然站不起來了，從此在床上躺了三年。這三年她常常無奈地苦笑，期盼有一天能找到解決的方式，然後恢復可以去旅行、去爬爬山，不然至少可以去散步，最少最少，可以站起來，靠自己上個廁所。但是一天一天過去了，完全沒有奇蹟。

最後三個月，媽媽越來越虛弱，她知道她的期待將要落空了，她可能會這樣一直躺到人生的盡頭。有一天忽然對我說，其實人生能這樣也很好，一直躺著什麼也不做，不必工作賺錢，還有人餵你飯吃、給你水喝，多好呀。

我望著媽媽，其實很心疼，也很不忍。她的人生一直是逆來順受，樂觀面對，甚至能用充滿感恩的心欣然接受生命中的各種磨難。原本好動外向、非常渴望旅行的媽媽，爲了配合不愛旅行的保守爸爸堅持不肯出國旅行，一直忍受到爸爸離開人世後，才開始她人生的出國旅行計畫，跟著兒女到處跑。可是那一年，她已經七十八歲了。

之後她的足跡踏遍日本和中國大陸，她一輩子都沒搭過國際航線的飛機，連對飛機上提供的餐點有塑膠刀叉和杯子都愛不釋手，記得她還把玩著那些小巧的餐具問我說，這些東西用完就丟掉，不是太浪費了嗎？可以帶回去做紀念嗎？

我說人生能這樣一直躺著，什麼都不做，那該多好？我指的是這一刻的當下。是漫漫人生長河流淌過去時的某一剎那，就是那短短的一瞬間，躺在阿亮和弟弟兩夫妻一手建造的，在美國南方路易斯安那州拉法葉西南部，靠河邊不遠的紅豆屋一樓客房的彈簧床上。隔壁床上坐著的，是剛剛才醒來，比我整整大三歲的二姊，弟弟口中的天使。她去年來過一次，今年又來了。明年她還要來陪伴家人。

二姊的睡眠狀況一直很好，她總是在睡眠前祈禱，她說去年來到美國，每天都爲弟弟一家人祈禱，心中甚爲焦慮，今年再來，心情完全不同，原本的焦慮減輕了許多。她希望有生之年能多來這裡和家人生活一段時間，她覺得自己已經取代了母親的角色。

而我呢？與過往許多的時候相同，我讓自己忙到要上飛機前都還沒把計畫中的工作完成，匆匆收拾了行李便出發了。我連郵輪要去哪裡都無所謂。反正就是讓自己離開原有的生活，去陪伴在遙遠的美國南方生活了三十年的親人。一起生活、一起搭郵輪在海上航行。我們可以那麼親近，尤其是在我們父母親都不在人世以後。

當我結束了將近一個月的美國南方和加勒比海西方之旅後，才發現我一路都是在獲得、在享受、在接受，而我能給予別人的，是那麼的有限，那麼微不足道。原來我在生活上，一直有家人在幫我撐住的。

下下籤如何變成上上籤

媽媽躺在床上無法起來已經有好一段時光了，也因此她的活動範圍越來越受到限制。她常常苦笑著說：「眞像是坐牢一樣，那裡都不能去。哎。」記憶中媽媽很少嘆息，她的忍受力和達觀是少見的。可是到了這樣的景況，她的無奈漸漸從眉尖的皺紋中浮現出來。

終於有一天，她忽然笑了起來，問她笑什麼，她說：「其實啊，人生能這樣躺著，什麼都不用做，不用擔心生活，茶來張口，飯來也張口，也算是好命吧？呵呵。」勞苦一生，大半輩子都在爲柴米油鹽操煩的媽媽轉個念頭，又開心起來。或許她不想讓自己愁眉苦臉的模樣影響她身邊的家人吧？

她每天都要閱讀報紙，直到無法再用眼力時，她仍然堅持要把報紙攤開在床邊桌子上。問她爲什麼要這樣做，她笑著說了兩個理由。第一，期待自己恢復可以閱讀，那怕只是能讀一小段。她人生最大的樂趣之一便是閱讀。第二，她不希望被照顧她的那個來自河南的「蝴蝶夫人」看扁了。「蝴蝶夫人」喜歡教訓媽媽，對著媽媽大談人生道理。

媽媽有一天實在受不了她的嘮叨，便大聲地對她說：「請妳來是來照顧我的，不是要聽妳訓話的。我讀過書，人生的道理不用妳說！」

有一天問媽媽想不想去龍山寺附近逛逛，我說那裡改變很多。龍山寺那一帶是我們成長過程中很熟悉的地方。媽媽每天都要走很長的路才能到三水市場買菜，她要用極少的菜錢買夠八口之家吃的食物，另外要擠出一些錢買便宜的水果，平均分配在我們刷牙用的塑膠杯裡。如果是我陪她上市場，她還得留下最後的零錢，買一條糯米腸或是烤香腸，外加一本漫畫周刊給我偷看。沒錯，是偷看。爸爸只准讀小學的我看《老人與海》和《戰爭與和平》。媽媽還要去撿一些菜販丟棄的菜葉根莖，回家餵一籠子祖母養的兔子。

媽媽提著沉重的菜籃，經過圖書館時常常坐到裡面休息一下，順便翻讀一些傳說典故和章回小說，儲存一些晚上要說給大家聽的故事。媽媽是一個對處理家務一籌莫展的女主人，她適合上班工作，她能說能寫、熱情慷慨，守在家裡照顧祖母和五個孩子是她最不擅長的事。爲了多賺些錢貼補家用，媽媽有很長一段時間利用晚上大家都睡了之後起床寫作投稿，十多年來發表了幾百萬字都沒有成名。因爲她爲了能多發表文章換了很多筆名，她不求名，只求每天還有買菜的錢。她寫作的目的很卑微。

媽媽終於同意跟著我們去一趟龍山寺。我們推著輪椅上的媽媽在龍山寺附近逛了一大圈，媽媽瞇著眼睛，有點不適應那個全新的大廣場。後來我忽然對媽媽說：「我替你去龍山寺求一支籤吧？」媽媽笑笑說，人生都這樣了，沒什麼好求的。

我一個人溜進了龍山寺，很慎重地為媽媽的身體健康求了一支籤。我從籤格中取出那張籤詩。我嚇了一跳，是下下籤。我毫不猶豫的從籤格中挑了一張上上籤，然後將那張下下籤撕了。

我假裝興高采烈、連滾帶爬的從龍山寺跑向坐在輪椅上的媽媽大叫說：「哇！不得了啊，是上上籤呀！」我演得很逼眞，連眼淚都擠了出來。「所以，妳一定可以再站起的。妳的人生充滿了奇蹟！妳看，是上上籤耶！」媽媽也跟著笑開懷說：「是啊，我的命眞好，不管將來能不能再站起來，我的一生就是上上籤。」

龍山寺的籤詩眞準。媽媽不但沒有再站起來，第二年春天她就過世了。我在整理她的遺物時，在她的日記本裡找到了那張被我偷天換日的上上籤，隨手將它撕了。我想，在天上的媽媽一定會原諒我為了鼓舞她，而忤逆天意撒的瞞天大謊。更何況，我也眞的相信媽媽這一生，是靠她自己的大智慧、無私無我的慈悲心，和追尋美好未來的執著，從命中原本的下下籤，翻轉成眞實生命的上上籤。

下下籤眞的可以換成上上籤，無私無我的付出，反而換來不可想像的收穫和結果，精打細算、步步皆贏的人生，也可能在最後全盤皆輸。而輸贏對媽媽而言像陣風，這才是上上籤。

媽媽的最後遺言

人生沒有問題，何來答案？

大家平安。我是黃氷玉。眞是太不好意思了，還要麻煩大家來到這裡和我見最後一面，謝謝你們。

這裡是我天天早上爬山的登山口，如果有空，告別式結束後你們不妨去爬爬山，也很不錯。

我這一生最怕麻煩別人了，人活到太老也眞的是件麻煩事。我們黃家十八代，就只有我一個人活到九十歲哪。九十呢！後來三年，我整天都躺在床上，根本分不清楚是白天還是晚上。眞的是很麻煩的事情，因爲這樣，我就不能去爬山，更別想到處去旅行了。

對我來說，如果一個人活著，能站起來走出去，就是最幸福的事情了。我是一個很平庸的人，所以，對於人生，我不敢要太多。

有人問我長壽之道。我是一個非常隨遇而安的人，我從來不會勉強別人要認同我的想法和做法。每個人都有自己活著的方法和道理，我也從來不會認爲自己的想法或做法最好。所以我做我的，別人做別人的，這樣對大家都好。

所以我對待五個孩子也是這樣的態度。隨便他們愛做什麼就做什麼，你看他們每個人不也活得好好的。有人說我這是放任，其實倒不如說是信任，我相信他們都比我聰明，我沒有比他們更高明，所以就隨他們去吧。

不過我這一生倒有件事情是有點得意的，我也常常說給兒女們聽，那就是啊，我從小到大一直很叛逆，也很勇敢。

我從很小就敢一個人逃出被紅軍圍困的家鄉，也敢反抗父母親爲我安排的婚姻。當年我決定隻身來到臺灣時，家人都非常反對，說一個女孩子去臺灣太危險了。但是我很好奇，我對沒去過的地方都會想去走走看看。於是我不顧大家反對，一個人就來到了剛剛才脫離日本人統治的臺灣。

我曾經在福建南方工作過，廈門、漳州、泉州都住過，會說閩南語。我一點都不害怕。我人生中最得意的事情，就是帶著弟弟一起來到臺灣。他當時很小，在船上一直哭、一直哭。我對他說，哭什麼哭？再哭就把你推到海裡！

現在你看，他去年八十多歲了，還上臺領電影金馬獎的最佳貢獻獎。我這一生最大的心願已經了了，我們黃家在臺灣落地生根，我對得起我的父母了。

我很不喜歡人家哭，我的二女兒在我床邊祈禱時，常常自己感動得流眼淚，我就很好奇地問她說，妳哭啦？妳哭什麼呢？我不是活得很好嗎？

所以啊，你們都不要爲我哭，眞的，不要爲我哭泣。我這一生非常快樂而幸福，沒有一點遺憾。我的人生都是自己做決定的，誰也無法勉強我！

你們都要笑。和我一樣開懷大笑。我吃過很多的

苦，也因爲這些苦難，讓我覺得我的人生很圓滿，沒有吃過苦的人生算是什麼人生呢？人生原本就是來受苦受難的，幸福和快樂都是老天賞賜的禮物啊。所以我才很愛笑。祝你們大家將來都長命百歲，但是一定要健健康康喲？不然，也會有點麻煩的。

人之將死，其言也善。我多說了這一些話，謝謝你們願意傾聽。

這樣OK了嗎？我這回可是要安安靜靜地睡覺了，能這樣安靜地睡著，不再醒來，也是很幸福的事情，這就是每個人都得面對的人生啊，不是嗎？

我的孩子曾經在我的病床邊問我人生的答案，我說我的人生沒有問題，所以也就沒有答案了。

各位朋友，掰掰囉。

記得，有空就去爬爬山，趁你們還走得動的時候。

（本文是根據媽媽臥病在床時，常常說的話整理而成，在媽媽告別式上播放影片時使用過其中一部分。）

攝影／林政億

媽媽，請聽我說——輕輕逝去的這五年

武平產猿，猿毛若金絲，閃閃可觀；猿子尤奇，性可馴，然不離母。母黠，不可致。獵人以毒傅矢，伺母間射之。母度不能生，灑乳於林飲子；灑已，氣絕。

獵人取母皮向子鞭之，子即悲鳴而下，斂手就制，每夕必寢皮乃安。甚者，輒抱皮跳擲而斃。

嗟夫！猿且知有母，不愛其死，況人也耶！

——宋濂〈猿說〉

1 再見

媽媽，我這次眞的要向妳說聲再見了，我的心和我的靈魂將勇敢地航向更遙遠未知的地方。

2 守靈

我要向妳的床、妳的枕、妳的被、妳的桌、妳的椅，甚至妳的杯，還有妳那幾年臥病不起所留下的，那久久不曾散去的溫熱氣息，說聲再見。謝謝妳用這樣溫柔沉默的方式包裹著我如孤魂野鬼般的身軀，和空蕩蕩的靈魂，陪伴了我整整五年。

妳走了整整五年了。妳走得越久，我反而越了解妳，我這些年常常因爲向別人提到關於妳和我的種種小事而感動不已。我覺得這五年的時光，像是我繼續守著妳的靈，所以腦子裡想的都是和妳有關的事物。我忽然覺得，過往藉著創作和拍電影自以爲能改變世界的自己，其實還是和原本一樣渺小，那種自以爲有影響力的假象，只是在日光照映下的影子而已，而看似一輩子平凡微不足道的妳，卻在離開人世後越來越顯得巨大而有力量。而在這樣的體會中，我也才眞正地長大了。

就在要向妳告別時，我想起了妳走後兩年的那個深秋，我從東京搭特快車去箱根的雕之森美術館看亨利摩爾的雕塑。由於去之前已經跑了另外兩個美術館，所以到達雕之森時已經接近黃昏了。我很喜歡亨利摩爾那些和「母子」有關的作品，也喜歡他用一種內外相互連繫卻有許多掏空的地方，呈現出許多想像空間。母與子之間生命彼此的包裹，那種牽動、包容、護衛、孕育、延伸和無法分割。

亨利摩爾經歷了兩次世界大戰，經歷了母親的死亡和女兒的出生，他的作品常常用不完整、空洞、扭曲的神秘人體造形，強調生命內在所能累積和散發出來的強韌度，抽象而沒有答案。我體驗到的不是美麗，而是力量。

我在綠色的草地上快步追尋著亨利摩爾的巨型戶外雕塑，我有點急切，因爲黃昏已近。夕陽無限好，只是近黃昏。這是妳在人生的最後十年常常說的話。我凝神望著那些作品想念著妳，想著我們母子之間的連繫和空缺。

3 美麗的幻想世界

記得十八歲那一年，是我第一次面臨親人的死亡。那個尋常上課的晚上，一個遠房的叔叔趕到學校要我回家，面對已經氣絕多時的祖母，我非常平靜，沒有哀傷更沒有恐懼。深夜，我竟然繼續陪伴著祖母入眠。對我而言，死亡或許只是一次長長的睡眠而已，我從不曾懷疑過祖母對我的愛，我相信她去了天國將更有力量保佑我。

祖母在我八歲那年便瘋了，她失智之後反而是她大半生痛苦的結束。她在三十歲守寡又失去了長子，家產被小叔霸占。祖母和爸爸在家族間受盡欺凌，祖母是有藝術天分的女人，她會畫圖，也會做端午節的香包，最常做的就是大猴子抱小猴子。祖母來臺灣時已經六十歲，當時只帶了一些簡單的衣服、褲子，以爲不過是來探親，住一陣子後便要回家鄉福建武平。她萬萬沒想到自己會埋骨在這個陌生的小島上。

失智後的祖母，反而有了新的生活和希望。她擁有幻想中的兩個男人，用客家話稱呼，一個是頂哇子，一個叫哈巴子，她常常給我一些錢，要我送去給那兩個「不存在」的男人。從那之後，我擁有零用錢和一個只有祖母與我相信的奇幻世界，我得常常向祖母編織關於那兩個男人的故事。

十八歲的我，靜靜躺在已經死亡的祖母身邊，但我無法停止我和祖母共同擁有的那個美麗的幻想世界。四年後，我用了一個筆名開始寫作投稿。我在剛剛出爐的第一本新書扉頁上這樣寫著：「將此書獻於祖母靈前祭拜，雖然妳不識字，但我們心靈必可溝通，因爲我從小就睡在妳身邊。」

我把第一本書放在祖母的靈位前燒了三炷香。後來書籍非常暢銷時，妳還笑我說：「平時不燒香，有所求時才來燒香。」我知道祖母非常寵愛我，她不會計較的。後來她眞的一直保佑著我這個「沒有章法」，又總是「在狀況外」的人生中許多大小事情。就算遇到挫敗，甚至瀕臨崩潰，也都能重新振作起來。

3 我的反抗和妳的溫柔

妳對於我的愛和祖母很不一樣。妳的愛是一種包容的愛，不只是對家人。妳總是對每個人，不論遠近親疏一視同仁，妳曾經把朋友送來的蘋果禮盒全都送給鄰家的孩子，妹妹知道後哇哇大哭說，她也很久沒有吃到蘋果了。

妳對待孩子們的方式非常不同於一般的母親，妳一點也不嘮叨，也很少罵孩子，更不要說是講那些人生大道理了。妳不是那種擁有權柄可以掌管或是決定一切的母親，更像是個忠心耿耿而卑微的僕人，替我們做盡所有的家事和私人的雜事。

記得有一天晚上，我們全家人圍在廚房的長桌上吃著妳做的晚餐，脾氣不好的大姊忽然指責起妳來，妳不但沒有反擊，反而繼續低頭扒著飯，吃著舊菜。平時妳總是捨不得吃新鮮的菜，想把新鮮的菜留給祖母、爸爸和我們吃。

我看到妳委屈地低著頭，忽然怒火中燒，爲妳感到不平，當場罵了大姊一頓，罵她不應該指責妳。當時爸爸立刻制止了我，說我不可以冒犯大姊。這時我也和爸爸頂嘴，質問爸爸說，那大姊爲什麼可以罵媽媽？一直到很久很久以後，當我們家五個孩子都已經成家立業了，爸爸不合理的要求，妳還是都默默忍受，沒有抱怨。

例如爸爸每次要看病時，都要求妳一大早去醫院門口排隊掛第一號。有一天妳生重病，爸爸還要求妳親自去參加一個鄰居嫁女兒的婚宴。那天我接到妹妹的電話，衝去妳們家，對著爸爸破口大罵。躺在床上的妳，這才坐起來，跟著我一起抱怨爸爸的不近情理。有大兒子替妳撐腰，妳才敢反抗。後來我明白，或許，那也是一種愛吧？一種近乎犧牲的愛。我曾經對這樣的愛提出質疑。

有一天我和家人吵架，心情很不好，一個人去植物園繞了很久很久，沒地方去，想順道去探望妳和爸爸。妳看出我的疲倦和不快樂，就要我在客廳的長沙發上躺一躺，妳拿了一條舊毛毯給我蓋。在沙發上躺了好一陣子之後，我對妳說，媽媽，我要走了。妳從屋裡面拿出一件爸爸的舊毛衣說，外面很冷，多穿一件毛衣吧。那一瞬間，我忽然好想好想哭。因爲我眞的記不起來，妳曾經對我說過這樣溫柔的話和做過這樣的動作，而那只是一般母親常常掛在嘴邊的嘮叨話語和行爲呀。後來，我還是沒有回家，我穿著妳替我套上的舊毛衣，又回到童年最熟悉的植物園，在冷風中默默流著眼淚，享受著妳替我穿上的溫柔暖意。

那時候的我已經四十多歲了。但我卻像一個想要索討愛的小孩。

4　十字架

媽媽，我這次眞的要離開妳了。在妳走後五年間，我已經獨自享用妳在人生最後這段路程所使用過的硬木板床、軟泡棉枕、厚厚的棉花被、特製小木桌、大藤椅，和妳喝過的印有日本老人祝福的瓷杯。想像著這樣繼續讓妳抱著，眞的是太奢侈了。

我在那條叫做「羅斯福路」的河下游左岸，找到一間新的工作室，那是一間有二十五年歷史的老房子。我本來想，這樣一來，我的家人們就沿著這條叫做「羅斯福路」的河沿岸暫時定居下來了。就在妳離開後這短短的五年內，妳的孫子和孫女各自成了家，也各自成了擁有兩個孩子的父母，我成了擁有四個孫子和孫女的阿公。如果當年跟著爸爸一起來到臺灣的祖母算是我們家族開臺第一代的話，這些孫兒們就是第五代。我後來才明白，爸爸用那麼嚴厲的方式管教我們，其實是想在這個海島上重建他個人的家業，他希望他的後代子孫不再流亡。這就是我們安身立命的島國家園。

我成長的生命軌跡，正是沿著臺北市和平東、西路一路走下去的，這五年我搬到妳晚年最後的住所，正好就是和平東路三段的盡頭，富陽生態公園的入口。如今，我要正式向這條生命的軌跡告別，重新搬回我曾經住過的羅斯福路上。和平東西路與羅斯福路垂直交會，像一個十字架。我未來的工作室，正好在這個十字架交會處。

5 勁草

一直以來，我對於陌生的環境是恐懼多於好奇，對於即將擁有的工作室，並沒有太多喜悅和期待，甚至還有很深的焦慮。就在我開始整理一些書籍準備搬家時，看到書架上爸爸那本題名爲「勁草」的舊日記，裡面正好記載了我們一家人從萬華堀江町的宿舍，搬遷到和平西路二段的物資局宿舍的過程。

爸爸在日記上清楚記載著，民國四十三年元月三十日的早上九點二十分，一輛大卡車載著最後一張木床和我們一家人，從舊家出發，正式告別住了四年的老宿舍，搬進用停車場臨時改建的「新家」。爸爸在祖母的房間牆壁上釘上油封紙，掛上蚊帳，安置桌椅和觀音菩薩的像。爸爸在日記上提到了我：「埜子入晚鬧著要回去，他說這不是自己的家。這也難怪，他是在興寧街出世的，怎麼捨得呢？」

這一年，我才兩歲零三個月，不到一個月後，三妹就出生了。那一天是二月二十六日凌晨四時三十五分。當初找到這本爸爸的日記本，是想要留給三妹的。後來我忘了她有沒有讀到這一段與她出生有關的記載？不過這已經不重要了，因爲三妹都走了十年以上了。眞正捨不得丟掉的是我自己吧。

這是我們五個孩子童年成長過程中住得最久的家，這個家靠近植物園的側門，從此植物園的藝術館、科學館、圖書館和歷史博物館，成了我接近藝術與科學的好地方，而植物園的一草一木也陪伴著我長大。在祖母發瘋後，植物園更成了我去尋找祖母那兩個「不存在」的情人頂哇子和哈巴子的樂園。

我腦子裡始終有個畫面，每當深夜，祖母忽然對著夜空大喊那兩個不存在的男人的名字時，可憐的爸爸就會衝到祖母的床前下跪，向她磕頭，哭著求她不要再大聲喊叫，以免吵到家人和鄰居的睡眠。直到現在，我夢中還常常反覆出現這些悲傷的深夜情景，醒來時有一種說不出的荒涼，久久無法散去，好像是一種存在於基因裡的、家族遷徙流亡的集體記憶。

妳常常告訴我們，從福建武平來到異鄉工作定居的爸爸，此生最不遺憾的就是能將祖母帶來臺灣，陪伴她走完人生的最後二十多年。祖母失智後對他的精神折磨，他全忍耐下來，所以鄰里之間都稱讚爸爸是個孝子。

6 狗熊屋

我在「羅斯福路」河畔的工作室正式辦理交屋了，那一天正好是我的生日。我沒有很認真面對這間房子的設計和擺設，甚至還有些逃避。

我並不完全清楚自己在逃避什麼。除了認真工作之外，我對於人生中曾經發生過的大小事情，都不曾靜下心來好好思考。我到底要一個怎麼樣的人生？我總是抱著「兵來將擋，水來土掩」這樣的原則。我總是活在匱乏的臨界狀態中，靠意志力來維持。

那天下午我約了家人來看看這間工作室，聽取家人在設計上的一些意見。

女婿學的是建築，目前他和女兒住的那間屋頂高挑的「狗熊屋」，就是由他自己一手設計監工完成的。他們放棄原本可以有兩房一廳和夾層閣樓的設計，把小小空間設計成一間榻榻米臥室和一間工作室，同時兼具客、餐廳和書房的功能，他們夫妻還可以在此練劍道。女兒說，這樣好像是一間可愛的狗熊屋。

女兒小時候擁有一間家人一起合作完成的狗熊屋，搬家的時候屋頂還被風吹跑了。

當我們在七嘴八舌討論房子該如何設計時，女兒總是那句話：「讓要住的人自己決定吧。我們都不要給太多意見。」房子就是一個人身心的延伸，一個不知道自己要什麼的人，怎麼會知道要如何設計自己的房子呢？於是我下定決心，要好好思考一下，我的「餘生」還要什麼？我到底要將自己的身軀和靈魂置放在一個怎麼樣的空間裡？

我想像我的工作室，想像著自己不知道還有多長的餘生，還能體驗到生命中多少不曾體驗的事情？

我想起我們在羅斯福路旁的石屋舊居裡，那個屬於女兒的小小房間。那是女兒從幼稚園一路成長到結婚前的小房間。那天中午，我的外孫睡在他媽媽住過很久很久的這間小房間裡。他醒了，只哭了兩聲，我輕輕推門而入。才一歲多的他見到我，笑了，然後躺在嬰兒床上把左手大拇指放入口中，靜靜地望著我。清澈透亮的眼睛，就像沒有被汙染過的遼闊海洋，或是無垠了澈的星空。我猜他此刻的思想也是了澈透亮的，就像他的眼睛。屋子裡開了暖氣，抵擋了窗外的初春寒意。

我抬頭看著女兒的書櫃，那是她曾經閱讀過的書，還有她自己或是和家人共同創作的書。女兒告訴我，她的兒子每天清晨醒來後都可以安靜地躺著，吃著長長的拇指，不吵不鬧。就像此刻一樣。我望著他那一對深不可測的迷人雙眼，他在想什麼？他可能什麼都沒想。人的初始狀態。

7 聖誕屋

此刻我讓自己很舒適地躺在兒子和媳婦的聖誕屋裡的新沙發上，非常認眞地拜讀兒子已經修改了十多遍的電影劇本，他終於要開始籌拍他的第一部劇情長片了。媳婦安妮拿了條毛毯給我蓋，並且笑著說：「企鵝，你是第一個躺在這張新沙發上的人哩。這張沙發上午才送到呢。」我想起妳替我蓋毛毯的那一幕，妳的一個簡單動作，對我言卻那麼重要，使我一輩子都忘不了。

聖誕屋的名稱是我自己發明的，那是因爲我對聖誕節情有獨鍾。從小沒有玩具的我，到了聖誕節就可以在教會領到許多美國人使用過的、寫了許多英文字的舊聖誕卡，我會將所有的舊聖誕卡放在床上，與弟妹們玩「選美」的遊戲，給每張聖誕卡評分頒獎。去美國讀書發生車禍時，正好是聖誕節前夕，受了傷的我，和開車的朋友坐在紐約水牛城郊外的某條街上，望著家家戶戶亮著的聖誕樹，當時我想，回臺灣後，我一定要給自己的孩子有聖誕樹和聖誕節氣氛的童年。

所以當小學同班同學們都知道聖誕禮物是自己爸媽送的時，只有兒子還堅決相信這世界上眞的有聖誕老人，因爲他會告訴同學們說，他不但會收到聖誕老人的禮物，還會有一封用英文寫的信。當全班同學都笑他傻瓜時，他還是紅著臉與同學們爭辯，我想那一刻，他眞的比別人幸福，因爲他還有夢想，而那夢想是他的父母親非常努力營造出來的。後來我們就用兒子堅信有聖誕老人的這個故事，做爲「小野童話」系列的第一本《尋找綠樹懶人》，也用女兒八歲時想邀請同學來家裡歡度聖誕夜的煩惱，寫成了一本童話故事《聖誕不快樂》。我的許多創作靈感都來自與孩子之間的相處。

搭車經過臺北和永和之間的那座橋時，可以遠遠的看到兒子、媳婦和孫子們所住的那棟靠近河邊的高樓。每次經過，高樓總是亮著燈，我總是會想起聖誕節的聖誕樹，想著我的兒子、媳婦和孫子們正住在那棟亮著燈的大樓裡生活著。或許兒子正在爲那個和他一樣淘氣好動的孫子洗澡，愛笑的孫子正發出天眞的狂笑聲。做爲一個父親，兒子比我溫柔體貼多了。他們決定放棄在美國的生活和工作，從紐約搬回到臺北，和我們同住在一個城市裡，住在同一條叫做「羅斯福路」的河畔。在這個對年輕人極不友善的城市裡，他們人生漫長辛苦的奮鬥，才正要開始。

8 面對生命的真相

當我看著工人們將這間原本設計成「低調奢華」的屋子內所有的天花板、燈飾、隔間、裝潢、廚房、衛浴設備全都打掉後，天花板上的各種管線垂了下來，所有的玻璃碎片散落一地，掀開遮蓋的木板，牆壁上全是斑駁的壁癌，甚至還有被老鼠咬破的管線。整間房子從原本的璀璨明亮，瞬間變成一個被開腸破肚四分五裂的廢墟。那一刻，我彷佛穿透每個人生命的不堪和狼狽，和每個人生存在世上的眞實樣貌。

我們每個人活在地球上，就像是一個臨時搭好的樣品屋，裝扮成璀璨明亮的模樣生活著，敲掉了外表的璀璨明亮，才可以看到心靈上的壁癌和一些危險構造。只要我們還活著一天，我們就得從最裡面的牆壁和天花板上的管線開始修補，修補這間屋子的最基礎工程，就像修補自己內心那些被掩藏起來不敢面對的幽暗和坑坑洞洞。

媽媽，我就要搬去那間被我取名爲「諾亞方舟」的工作室裡了。當我的孩子們都各自擁有自己建造的家之後，我想到屬於自己的未來。我想將我的工作室設計成一艘諾亞方舟，可以成爲孫子們和其他孩子們的兒童樂園，我也將用這個地方接待許多新舊朋友們。

在這艘船上，我不需要傳統的客廳，不需要一般作家最喜愛的大書房，也不嚮往一間舒適的臥房。我要在靠著窗子的地方，設計成像是一艘船的甲板，有很長很長的木板臺子，可以給小孩當桌子、給大人當椅子。我要在這些臺子上擺滿各種玩具。其實我已經在旅行中買了很多小車子和小動物。我要在木板臺子底下擺滿各種兒童繪本，有我們過去自己創作的「小野童話」，還有世界各地的童書繪本。我要讓更多的孩子來到我這艘船上盡情追逐玩耍，聽我講故事。

我也想在這艘船上招待志同道合的朋友們，搏感情、談夢想，我還想學會做菜，請朋友一起同樂、一起吃飯。我喜歡那種同舟共濟的漂泊感覺。

媽媽，因爲我想起「無緣大慈，同體大悲」這八個字。這正是妳對於親人和陌生人那種同等的愛，妳的愛，不分親疏遠近，一律相同地給予和付出，這是多麼不容易的愛啊？有一天我和兩個姊姊聊起了妳的博愛，大姊說我們家五個孩子無人能及，二姊說，妳的愛是一種不見底的深淵。我曾經錯怪了妳的這種愛，總試圖用「吞忍、壓抑甚至懦弱」來解釋妳的愛。其實，那才是一種經歷過大苦大難，還有與生俱來寬大爲懷的個性，所造就的最強大的愛。

9 犧牲

媽媽，就在我要搬離和平東路三段盡頭，妳曾經住過的山邊房子與二舅埋骨之地時，意外的發現了關於二舅黃梅在白色恐怖時期被槍決的眞相和過程。妳和大舅尋找了半個世紀以上的骨骸，因爲別人的努力而被尋獲，並且還被別人保存著。

在那個腥風血雨、動盪飄搖的年代，中國共產黨剛在中國大陸建立中華人民共和國。還剩半個學期就要從福州師專畢業的二舅，原本是福州師專民盟地下小組的核心成員，後來這個組織被迫解散。

二舅以爲當時臺灣快要被共產黨解放了，他急著趕來臺灣拯救妳和大舅。他將想藉著加入「南下服務團」到臺灣救妳和大舅的想法，請教民盟的老前輩。對方勸他說，以他對二舅的了解，雖然二舅的政治熱情很高，但是太年輕，沒有社會經驗，知識份子的書生氣質也太重，個性老實又誠懇，非常不適合從事情報工作。

最後二舅沒有聽對方的勸告，還是加入了「南下服務團」的短期訓練，化名「黃梅」加入國軍第六軍，成為搜索營上等兵，跟著國軍的第六軍匆匆來到臺灣。

當他跟著國軍來到臺灣之後，發現情況與原來想像的不一樣。這些不屬於正式共產黨地下情報組織的熱血大學生們，等於是自投羅網，紛紛被逮捕入獄，展開漫長的調查。

當時在監獄工作的同鄉告訴大舅說，二舅黃梅只要招供出他來到臺灣之後，曾經住過的地方和接觸過的親人，他就會被從輕量刑不至於死罪。但是他為了保護住在臺灣的家人，堅稱臺灣的家人都不知情，也堅持不出賣他所知有限的聯絡人，他忍受整整一年的酷刑後，最後被宣判死刑。

當我終於把所有真相都了解後，暗夜哭過好幾次。我哭二舅在牢房裡一整年寧願忍受酷刑，而不願意出賣妳和大舅的那種愛和犧牲的精神。也終於明白妳為什麼不能諒解我曾經協助對抗當權者的行動，因為妳曾經說我很像二舅，是非常熱血、衝動、老實的人。二舅也是在福州師專時就開始寫小說和舞臺劇本。妳曾經憤怒地痛罵我說，妳可不想替我送牢飯，不想再犧牲一個大兒子。

媽媽，在我即將離開妳時，最想告訴妳的話就是，請妳不要再怪二舅了。他在牢裡那一年忍受酷刑、堅持不出賣家人，最後犧牲生命保護了家人和他心中所信仰的理想，正是因為他擁有愛和熱血。在妳走後這幾年，我越來越投入風起雲湧的公民運動，也希望在天上的妳不要怪我。是妳將我生在這個島上，我真心希望我們的後代子子孫孫們，都能生活在一個美好的國度裡。

10 童年的家

深夜，我獨自一個人走進原本已經設計好要成爲我未來工作室的「諾亞方舟」，整間屋子只剩下一盞垂掛在門口的日光燈，看起來陰森森、鬼影幢幢，極爲恐怖，恐怖感幾乎吞噬了我的心靈。我的下一步，不是按照設計圖開始建造新的諾亞方舟，而是進入整棟屋子的結構安全及防火的鑑定。這可能要花去我好幾個月的時間。

媽媽，自妳走後，在這輕輕逝去的五年裡面，我透過各種方式，包括埋首寫作、向不同的人傾訴，還有不停地對話，企圖拆掉我外在的各種表象，尋找自己生命最深最深的原始心靈和存在的意義。

我在如廢墟的空屋中遊走著，如一隻尋找回家之路的孤魂野鬼。猶如亨利摩爾作品〈傾斜之像〉，我努力支撐著自己有洞孔的軀體，仰望無垠星空。我想起經常在夢中出現，後來因爲都市計畫被拆掉的鐵皮屋。

我的夢中常常出現童年的家，牆上的塗鴉和油封紙，垂掛的蚊帳，失智的祖母的哀嚎，氣氛總是那麼陰暗和絕望。那首由法國民謠〈媽媽請聽我說〉所改編的〈一閃一閃亮晶晶〉在鬼魅的黑暗中悠悠響起。媽媽，那正是妳臥病在床時，天天聽的兒歌。

輯四

去體會衡量世界上各種人事物對你的重要性在哪裡，
尋找在隨波逐流的人生中，不斷能抓到的浮木和曬到的陽光。
相似的人總是會相遇、相聚，
然後共同走一段人生的道路，不管多短或多長。

人與人的相遇是偶然，也是必然——一場科學與眞理的追尋之旅

1 老師好

最近常常在不同場合遇到已經頗有成就和名氣的醫師，他們有些當上政府高官、有些被選爲百大名醫，有些在學術研究上已經是世界級水準的科學家，有些當上醫學院的院長。他們遇到我，竟然都是道聲：「老師好」。

還有一個最近常上媒體的市長候選人柯文哲，他在讀了兩年陽明醫學院後重考上臺大醫科。當我們被安排在一場座談會上談「白色的力量」時，他也喊我一聲「老師好」。從此，只要我們有機會相遇，他都會一再提起當年有一道關於腎臟血液循環的題目，我把他打錯。他會喃喃自語的說，Renal cycle……kidney……

一旁的朋友們都會露出非常不解的表情，因爲這些年我的工作都與創作、傳播有關，也在電影、電視公司工作過，怎麼會有醫科的學生？而且年紀看起來很相近？

沒錯。我在那時還稱做「陽明醫學院」的時代在那裡工作過，我教的課是剛剛才考

進醫科的大一學生要上的「普通生物實驗」，同時也跟著一位剛剛從美國拿到學位、來陽明醫學院教「普通生物」的薛孔偉教授，一起做肝癌的實驗計畫。

「陽明醫學院」是當時的蔣經國總統爲了培養一批醫師下鄉照顧偏遠地區民眾而設，頗有社會主義的理想，所以考進醫學院的學生全部都是公費生，有一定的服務年限。創校後的聯考分數就逼近臺大醫科，有些窮苦的學生還把陽明醫學院塡成第一志願，應該說，是一群最會讀書和考試的頂尖學生。

剛剛才從師範大學生物系畢業的我，站在講臺上有點心虛，這些個個都比我會讀書的孩子，哪裡需要我來教？我的學生中甚至還有我在大學時代的助教，他反過來稱我爲老師，讓我好尷尬。

我根據前兩屆的生物實驗教材，增補刪減後，完成陽明醫學院的第一本《生物實驗手冊》，內容包羅萬象，有各種動物的神經、肌肉、骨骼系統的解剖，也有從最低等的動物到高等動物的顯微觀察，每個學生期末還要完成一隻兔子的骨骼標本。每週要花一個下午的實驗課，課程內容相當繁重。學生們光是背那些兔子的骨骼、肌肉和神經的專有名詞都很累。我想要嚴格一點，因爲我認爲自己正在教未來的史懷哲。

2 相遇是偶然，也是必然

當時的我，已經出版過兩本小說和一本散文集，也開始寫電影劇本。對文學和電影有點興趣的學生，反而會在生物實驗室與我討論我剛剛發表的小說，我也是在進了陽明醫學院教書後不久，就得了全國性的文學比賽首獎。有些研究思想文化的學生社團，請我當他們的社團指導老師，我們常常在星空下聊著科學與文學。在他們成爲一名醫師或是科學家的漫長之路上，我有限的知識傳授幾乎對他們沒有太大影響，但是卻相信，當時瀰漫在陽明醫學院裡那種高道德標準，和下鄉服務社會最弱勢族群的精神，或多或少都對剛剛進入醫學院的他們有重要的影響。

當時第一任校長韓偉是虔誠的基督徒，他大膽提出了考試不用監考老師的制度，希望每個學生都能誠實並對自己負責。事隔三十多年，我在對談時問柯文哲是否記得這個制度，他說當然記得，那個制度當然無法成功，因爲當時的臺灣的文明還沒有進步到這麼高的程度。他又侃侃而談他的文明五階段論。

後來事實證明，這個考試不監考的制度，並不適用在升學主義分數至上的學子身上，但是「防癌十字軍」的成立，讓醫學生們在放寒暑假時，下鄉服務偏遠地區的民眾，倒是建立了陽明醫學院很好的傳統。

事隔三十多年後，當我們要進行「不要核四．五六運動」的長期非暴力抗爭時，願意長期加入我們行列的志工裡面，就有一組人是來自陽明大學的研究所和醫科的學生，他們臨時組成了一個風車合唱團，每當節目在公民論壇結束後，他們就走上舞臺，由不同的學生發表他們對社會事件的看法，有時候也分享他們讀一本書的心得，然後唱兩首歌，第二首永遠是啓動臺灣民歌風潮的〈美麗島〉。

每當他們上臺時，都是臺下的聽眾最少的時候，因爲人潮來來去去。他們除了有一兩次是全體出國參加學術研討會之外，跨越了一年，至今從未缺席。我每次在臺下跟著他們唱歌時，都有一種莫大的震撼，那是一種在生命旅程中再度與「陽明醫學院的精神」相逢的奇妙感覺，尤其是唱到〈美麗島〉那首歌的那句歌詞「我們這裡有勇敢的人民」時，往往溼了眼眶。

我想到的是一種「精神」的傳承和力量，來自我們的祖先，我們，還有我們的下一代。最近因爲太陽花學運，他們還主動改了〈美麗島〉的歌詞：「水牛、稻米、香蕉、太陽花」。

3 奇蹟來自包容

那一年我二十六歲，剛剛服完兵役，參加了陽明醫學院生物科助教的甄試，當時與我一起應徵的，幾乎全都是擁有碩士學位的師大生物系學長們，我是唯一只有大學畢業的應徵者。更讓我覺得沒希望被錄取的，是當時在陽明醫學院教「普通生物」的兼任教授，正是我就讀師大生物系時的系主任諸老師，她也是大學《普通生物學》的作者，這次的主考官。見到笑眯眯的她，我背脊發涼、雙腿發軟，我直覺她一定很討厭我，因爲我在求學時代與她有過兩次衝突。

讀大四的那一年，我因爲在報紙副刊用小野爲筆名發表了不少文章，在學校已經是個頗有知名度的人。我當時寫了一篇小說〈周的眼淚〉，描述一些學科學的同學們在做實驗時，會偷改數據以符合標準答案，失去了一個從事科學工作者應有的誠實和求眞的精神。大四那年我被班上同學推選爲班上的優秀學生接受校方表揚，當時的我，還眞有點心高氣傲，對於很多事情都有意見。諸老師在我們班上開了兩門課，一門是師大學生要當老師前必修的「教材教法」，另一門是四學分最吃重的遺傳學。我忘了兩件事情發生的先後順序，總之就是很離譜的發生了。

當時我很努力地修遺傳學，每次考試也都能達九十分以上，但是因爲有一份遺傳學的研究報告，是我和同學老周合作，勤查論文資料合寫成的報告，所以兩個人交的報告很相似。紀律嚴明的諸老師大爲光火，認爲我們兩個人互相抄襲，算是作弊，堅持我們倆的學期分數要給五十九分。這時候我們的救星出現了，她是我們最喜歡的助教潘玉華老師。潘玉華老師替我們倆求情，說我們平日表現很好，考試成績也很好，四學分的遺傳學如果不及格，會影響我們將來申請出國深造的機會。後來她費了很多唇舌，替我爭取到剛好八十分，在申請學校的成績單上至少是A。我非常感激潘玉華老師，可是一想到自己明明考了九十多分，還是很不甘心。我等待著反擊。

有一次，諸老師在上「教材教法」的課，因爲她的聲音很輕，黑板上畫的血液循環圖也很淡，快要畢業的同學們都昏昏欲睡，窗外的阿勃勒開滿了黃色的花像是在落淚。我們畢業之後就要去國中實習和服兵役，對於這樣的未來，我感到煩躁且茫然，舉手打斷了臺上授課的諸老師，指責她這樣的教法根本無法引起國中生的興趣，當時同學們都睡著了。諸老師鐵青著臉，放下粉筆對我說：「那你上臺來教教看，示範一下。」

我完全沒有想到會是這樣的結果，只好兩腿發軟地走上臺去，擦掉了老師黑板上淡淡的心臟循環圖。我畫了一個很大的幫浦，用幫浦來解釋心臟如何將含氧血傳到全身，也藉此解釋血壓。臺下的同學皆掩嘴而笑。他們想，愛出風頭的傢伙死定了。

冤家眞的路窄。我在應徵陽明醫學院的工作時遇到了諸老師，我知道沒有希望了，心裡不斷咒罵自己當年的衝動和無禮。但是，在這次競爭頗激烈的徵選過程中，諸老師竟然就事論事的挑中了我。據說她的理由有兩個，一個是生物實驗課是要上臺授課的，她聽過我上臺講課，聲音宏亮，講得也很不錯。另一個理由，我是應徵者中學歷最低的，也許我比較心甘情願從助教做起。

就這樣，我的命運又轉了一個大彎，扛著一袋書，從榮民總醫院後面山坡的隧道，慢慢爬上當時行政與教學共用的唯一一棟教學大樓。

我一直很感激諸老師能這樣寬大的接受和包容我這樣狂妄的學生，也念念不忘當年爲我求情的助教潘玉華老師。潘老師常常和我們班一起去遊玩，完全沒有老師的架子，像個溫柔體貼的姊姊。

4 實驗室的生活

命運往往都是出人意料的峰迴路轉，像是基因DNA的螺旋般，每一次的旋轉，都預告了下一次的奇遇。

服完兵役的我，原本理所當然要回到原來任教的國中繼續當個理化或數學老師，我只不過是在將退伍前，聽到兩名也畢業於生物系的預官聊著未來的出路，他們提到剛成立兩年的陽明醫學院，要對外招考一名生物實驗助教。因爲聽到了，就抱著去試試的心情，我的命運就這樣改變了。

我又重新穿上實驗室的白袍，在生物實驗室裡準備著要上課的教材，在另一間武光東教授的遺傳實驗室裡，跟著年輕的薛孔偉教授做著肝癌研究計畫。

武光東教授是在遺傳學方面擁有國際地位的科學家，他接受陽明醫學院的邀請，下定決心放棄在美國優渥條件的工作和舒適的生活，舉家從美國返回臺灣，與韓偉院長一起爲臺灣打造一個全新的醫學院。他不只是個遺傳學家，也是擁有很高人文素養和高貴情操的長輩，每逢寒暑假，他就與其他老師帶著學生組成的「防癌十字軍」，去臺灣最偏遠的地方進行醫療服務。在一次的下鄉時因爲騎單車騎了太久，忽然發現大出血，才知道自己罹患初期的癌症，經過開刀和化療之後，他的身體漸漸康復。我們在實驗室相處的那段日子雖然不長，但是他許多來自西方社會的開放自由的觀念，啓蒙了我對民主自由的嚮往，特別是在當時臺灣那種封閉的戒嚴體制下。

指導我做實驗的薛孔偉教授年紀很輕，已經擁有兩個博士學位，他拿到國科會的計畫，繼續進行在哺乳類上皮細胞癌化的研究。爲了要取得可以在體外生長的上皮細胞，我們細心挑選懷孕十二到十四天的小白鼠，先用酒精消毒後殺死，取出含有胚胎的子宮，經過很精密的處理後，剩下乾淨的胚胎軀幹，經過好幾道手續分解出我們要的細胞，再用胎牛血清和含抗生素的培養基來培養不同數量的細胞。

我常常從顯微鏡底下看著被我們分離出來的一個個胚胎細胞，覺得生命眞的是一種非常奧妙的存在，那麼微小的一個生命單位，卻有著非常複雜的構造，就像是一個小小的宇宙。

我們反覆進行著生物體外培養細胞的結果，一方面要印證別人已經做過的實驗，一方面想要有更新的發現。或許在實驗過程中會有些人爲的失誤，但是不能爲了自己的失誤而在數據上造假。這正是我當年寫的小說〈周的眼淚〉最想要表達的。唯一的方法，只有一再重複同樣的步驟進行實驗，比對結果。也許，我們也會推翻前人的實驗結果。薛孔偉教授在完成最後報告時，完全忠於我們所做出來的數據，他也會在報告中提醒一些來自人爲或是實驗材料本身可能的問題。**科學實驗不是萬能的，在每個微小細節都有可能出點差錯**，而這些細節正是科學家發揮智慧和耐心的時候。這是我在整個實驗過程中最深刻的領悟。

我曾經在很小的時候，寫過一個關於老鼠家族的童話故事，因爲我家的天花板上就住著許多老鼠，我並不討厭老鼠，甚至還覺得牠們很可愛。

從事這個實驗計畫時，我常常要殺死剛懷孕十二到十四天的母老鼠，取出牠們還未成型的胚胎。有天夜裡，我做了一個惡夢，夢到有一個長得很像老鼠的女人來找我，她警告我說，你不能爲了科學實驗的理由，再繼續殺死懷孕的白老鼠了，我說我是爲了尋找人類致癌的原因，我是爲了想拯救人類的病痛才這樣做。像老鼠的女人苦笑了起來說，那麼被殺的懷孕老鼠不痛苦嗎？我問她說，妳是誰？她說她是老鼠的守護神。

後來我把這個噩夢告訴薛孔偉教授，他笑了起來說，他才是一個粗枝大葉的人，對於做實驗也不怎麼感興趣，反而對神學有熱情，也許也不太適合科學這條路。果然，當我去美國繼續深造分子生物學時，他已經決定要放棄兩個生物博士的學位，返回美國念神學院，以當牧師爲人生的志業。

5 在紐約的同班同學

當年去美國紐約州水牛城分校攻讀分子生物對我而言，其實只是隨波逐流的虛榮行爲。當時每個來到醫學院擔任助教的人，都只是將這份助教或是助理工作當成出國深造前的跳板。一九八〇年代前後的臺灣政治局勢極爲動盪不安，能出國讀書或移民，都是最令人羨慕的出路和選擇。

那陣子美國宣布正式與臺灣斷絕邦交，臺灣的房價一夕之間狂跌，想出走的人更多了。我接受記者訪問時竟然很生氣地說，我想放棄去美國讀書的機會，我覺得我們臺灣被美國人出賣了。

後來在家人和朋友的勸說下，還是乖乖的去了美國。他們的理由很對：美國人願意給你助教獎學金去攻讀博士，如果你眞的想要報效國家、貢獻社會，等學成了再歸國不是更好？放棄這樣的大好機會，沒人會讚美你的「愛國行爲」，只會覺得你很蠢很笨，甚至是逃避。於是，帶著一種莫名的情緒，我去了美國。

可是，許多年後我才知道，當時卻有一個人在讀到這則新聞時，牢牢地記住這個可笑的「愛國青年」的名字，他正是剛剛才接任全國最大電影公司總經理的明驥。這個人後來改變了我的命運，只因爲他剛好讀到那則新聞。

我去水牛城之前在紐約市住了幾天，和已經去了紐約的大學同班同學老周、秀秀碰了面。當時秀秀和老周的處境猶如天堂和地獄，家境富裕的秀秀結了婚，在紐約近郊買了有院子的高級別墅，還是一派開朗、熱情。而身無分文的窮學生老周，邊打工、邊在一所醫學院補修大學時代沒修過的醫學院課程，他告訴我說，在我來紐約之前，他的生活沒有離開過校園，也沒和秀秀聯絡。他說在冰天雪地的紐約，違法到超級市場打工，時薪兩元八角，他說，這是一段人生中最絕望悲慘的日子。他原來很少開口說話，在異鄉遇到了老同學，話才多了起來。最近他終於要走出這樣不見天日的黑暗日子，想多與來自臺灣的留學生接觸，想辦思想學術研討會。

我們也聊起我們在讀大學時曾經是患難兄弟，如果不是因爲遇到仁慈的助教潘玉華老師，我們四學分的遺傳學學期分數會只有五十九分的故事。老周忽然說，臺灣的教育制度啊眞害人，來到美國才知道，讀書不是那樣讀的。他的潛力在美國得到了發揮。

在紐約的那段日子，老周特別向超級市場的老闆請了假，帶我去認識紐約。他說來了紐約一年多，哪裡都沒去，趁著陪我，他也可以到處看看。看大都會博物館，也逛色情中心。晚上我就睡在醫學院的古老宿舍，與老周聊著大學生活和對未來的想像。

老周讀大學時總是獨來獨往，也不見他在讀書，下了游泳池成了一條龍，是全校仰泳金牌得主，也是公認的美男子。許多年之後，這個曾經窩在醫學院，除了打工就是讀書的游泳高手，成了美國腦神經方面的專家，曾經率領一個美國的醫療團隊來到臺灣，爲當時的中研院副院長張光直先生進行腦部的手術。

至今我還記得在老周住的古老醫學院宿舍裡，他從舊冰箱裡取出一罐橘子汁，倒了一杯給我喝時，我整個人冷得發抖的寒意。

而秀秀呢？我記得在她的別墅第一次吃到驚人的大李子，她告訴我這種超甜超大的圓形李子叫做 Plum，日本品種，來自加州。回到臺灣後隔了幾年，臺灣開始進口這種加州李子，價格昂貴，我還是忍不住要買一些給家人吃，而我總是記得在秀秀家吃第一口時的尖叫，太好吃了。

後來秀秀寄了一張她女兒的照片給我，記得那個可愛女兒的大房間，堆滿了朋友送的各種洋娃娃，起碼有一百個以上。我曾經望著那張照片想著，在那麼多洋娃娃堆中成長的女兒，會擁有怎樣的未來呢？因為在我的記憶裡，爸爸是在水溝裡撿當時美軍丟棄的洋娃娃，回家洗乾淨、重新打扮後，送給他的女兒們當生日禮物的。

多年後我終於見到這個可愛、漂亮的女孩，她剛從耶魯大學文學院畢業，她是特別來到爸媽的故鄉臺灣，探視她罹患癌症的媽媽。

秀秀最後選擇回到臺灣走完她的人生旅程，也和大學同學們見過最後一面。她在臺灣養病的那段時間，我盡可能去探望她，帶幾本書給她看。她也總是畫著淡妝，帶著不服輸的燦爛笑容見我。我們其實在那次紐約見面之後，就很少往來了，在探病期間，秀秀很含蓄地說了她後來在美國的工作和生活。或許在生活的當下，曾經充滿了戲劇性的情節，此時此刻卻變得雲淡風輕，像個已經遺忘的殘夢。

告別式上，牆上掛著她那張年輕、漂亮，帶著天真、幸福、燦爛笑容的照片。我代表同班同學上臺致詞，在原本非常莊嚴的全體站立式的白蓮教儀式之後，我說起秀秀大學時代的許多笑話來。臺下的同學們也跟著含淚笑著。我說其實秀秀並不適合讀生物系，她只要見到動物的血就會尖叫，上比較解剖課時都躲在一邊不敢看。每次考試前很緊張，東問西問，考試後都叫嚷著說會不及格，發考卷時都是九十幾分。她對班上的事物很熱心，畢業前班會上決議出版班刊，當時大家都忙著畢業考，秀秀就埋頭替大家把文章刻成鋼板，讓班刊能順利出刊。

在告別式上，我不想說那些悲傷的話。我讓記憶只停留在自己當年拖著一個笨重的大行李，在紐約機場慌張地四處張望時，秀秀忽然出現在我的視野中，她雀躍著、歡喜地笑著，用力揮著手，大聲喊著我名字的那個美麗、永恆的瞬間。多麼美好的一瞬間。我只想記住這一瞬間。

或許學生物科學或醫學的人，常常要面對人和動物生死的狀態，對生死似乎比較能處之泰然。總是相信生命是由每個可能永恆的瞬間所組成，除了體驗和享受由這些永恆的瞬間所組成的過程外，人在死亡這件事情上是平等的。是死亡讓「活著」有不凡的意義。死亡不是終點。

6 破冰之旅

那個年代能拿到獎學金去美國深造的臺灣留學生非常多，反而是從中國大陸來的留學生屈指可數。經過十年的文化大革命，與我們同一輩的中國大陸戰後嬰兒潮經歷了十年失學之累，絕大部分的人沒有學歷和經濟能力可以出國深造。那時候也正是中國大陸開始推行四個現代化的關鍵時刻，那一整代的中國嬰兒潮，應該是被中國歷史跨過去的一代，他們和下一代在溝通上產生了很大的問題。

水牛城分校有兩個校區，我們研究生的校區在舊校區，可是分子生物系卻在新校區，所以每天都得搭校區巴士往返兩個校區。我們住的研究生宿舍叫做「McDonald」。當時臺灣還沒有麥當勞連鎖店，我就自己翻譯成「麥當奴」，期許自己不要當美國帝國主義的奴隸。當時和聯合報副刊還有寫稿的合約，於是我就在聯合報副刊開了一個不定期的專欄叫做「麥當奴隨筆」，描寫自己的留學生活，後來聽說有不少人是因爲當時讀了我的隨筆，才選擇去讀紐約州立大學水牛城分校，其實，那是一個長年積雪冰封的城市，生活和讀書都是很辛苦的。

或許就是帶著這種飄浮和不安的心情踏上了遙遠的美國，我的心，始終無法安定下來，在我的隨筆中充滿強烈的思鄉情緒，甚至一種民族主義的反美心情。我在校園中撿拾楓樹的翅果，在上面記著我離開家鄉的日子。

分子生物的課程與我在大學生物系和醫學院所做的實驗都不一樣，我們的學習不只是研究細胞的結構，而是進入到對每個分子的結構、電位、角度的了解和測量，這些對生命基本分子分析量化的學習，對我而言，有點枯燥無味。

在美國的學習給了我很大的啓發，扭轉了我對教育的看法。

研究所的課堂上，老師很少用隨堂考，他們會出很多繁瑣的題目讓我們帶回家慢慢思考、慢慢寫，老師一點都不介意學生會不會互相討論，會不會作弊。或許，他們正是希望我們自己想辦法解決這些問題，包括與同學們一起討論，互相核對答案。在老師的觀念中，學習永遠是你自己的事情，你得自己想辦法從老師那兒得到自己不夠的知識。你不是替別人讀書。分數的高低並不重要。

我和一個也是從臺灣來這個研究所讀書的女生盧約好，各自在宿舍寫完考卷後，相約到圖書館對答案，交換學習成果。臺灣來的學生習慣性地在乎「分數」，通常兩人通力合作之下，拿個九十幾分並不難。但也是因爲這樣的學習方式，漸漸逼著我開始認眞思考：**所有的努力學習都應該是主動、自願的，不是爲了別人的，那麼人生呢？我們每天都在一點一滴流逝的寶貴生命呢？**

我們是不是只在乎別人如何看我們呢？或是等待別人來打我們人生的分數？

有一段時間我眞的覺得自己快要成爲一個科學家了。我和來自臺灣的小劉相約，每天晚上都從「麥當奴宿舍」走到距離很遠的工程科學的派克大樓挑燈夜讀。我每天扛著一大袋論文和書籍，走在往派克大樓遍地落葉的小徑上，冷冽無比的晚風從衣褲的每個隙縫鑽了進來，有時候我乾脆在小徑上狂奔起來。

我把自己和床鋪隔得遠遠的，把對家鄉和家人的思念完全隔離，每天讀到凌晨兩、三點鐘，再循著原路回到宿舍。

曾經，我相信這就是一條通往眞理的道路了，曾經，我也相信這就是我人生的不歸路了。直到雪季來臨後，我走在同樣的小徑上，忽然聽到自己內心最誠實的聲音：「這並不是你要走的路啊。你繞了那麼遠的一條路，只是要告訴你死了這條心，你注定是要回到自己的家鄉重新開始的。那裡有很多很多人等著你。」

我給薛孔偉老師和武光東老師老師各寫了一封信，當初申請學校時是他們給我寫的推薦信。已經決定回美國念神學院的薛孔偉老師回信說：「很高興你做了這個決定，人最重要的是做你喜歡的事，盼望你能發揮神所賜給你的創造性。在科學的領域中，我們都不是最好的榜樣吧。」武光東老師的信更簡短有力：「回來比繼續要有更大的勇氣。歡迎回家，有更多的事情等著你做。」

許多年之後，在我兒子的婚禮上，當主婚人的明驥先生才說出那一段決定我後來命運的事情。他說他在美國與中華民國斷交時，讀到了那則關於一個「愛國青年作家」憤怒的發言，他深受感動。後來他又看到新聞報導，說這個「愛國青年作家」眞的放棄了在美國的學業，回到臺灣。這才是他千方百計想邀我進中央電影公司，共同爲臺灣電影奮鬥的眞正理由。當時年近九十的明驥先生笑呵呵地說：「我看重的，是一個人的人格和情操。」

那一刻，我終於相信人與人的相遇是偶然，也是必然。相似的人，總是會相遇、相聚，然後共同走一段人生的道路，不管多短或多長。

7 與自己的青春重逢

我懷著一種忐忑又愉快的心情，期待著四十年後的重逢。

當年在遺傳課上爲我和老周求情的潘玉華老師回臺灣了，她後來出國繼續深造，現在是美國加州大學爾灣分校的生物化學系主任，對於乳癌的基因研究有重大的發現，也獲選爲中央研究院的院士。她和同班同學李文華是班對，同樣是中央研究院院士的李文華學長這次受聘返臺，接任中國醫藥大學的校長，夫妻倆在回臺灣時進行兩場演講，主辦單位希望我能當演講的主持人。

他們夫妻倆在二十多年前共同發現人類視網膜抑癌基因，這個突破性的發現，使人類未來治療癌症的研究出現曙光。那一年，他們才三十六歲，而李文華院士因爲這項重大發現被提名候選諾貝爾獎時，他才三十七歲。

後來有人問李文華院士與諾貝爾獎擦身而過的感覺，他說只要自己活得夠久，如果有其他科學家繼續他的研究，在人體實驗上得到突破，也許就會回過頭來頒獎給他。不過，這一點也不重要了，他說，人生值得做的事情很多，此刻他想爲臺灣做點什麼，所以他答應接下臺中的中國醫藥大學校長工作，他說現在正是臺灣生物科技起飛的關鍵時刻，他要大力結合教學、研究和產業。他發下豪語，要用最優渥條件進行五年百師計畫，五年後，這一百個頂尖科學家就是未來的中堅份子。

這對頗傳奇的科學家夫妻檔，是高我兩屆的師大生物系學長，李文華院士來自澎湖馬公高中，是漁夫之子，在讀大學之前，大海是他的學校，沒有補習也沒有參考書，他有空時就在沙灘上撿貝殼做分類，愛上了生物科學。上了大學後，像海綿一樣，吸收所有十八歲之前沒有機會閱讀的書籍，立志走向科學研究之路。我們去澎湖做生物採集時，見到了李文華學長做的分類貝殼標本，見識到他對生物科學的專注和熱情，成了我們這些學弟學妹們學習的標竿。

潘玉華院士來自高雄燕巢，是農夫之女，生活在山上，從來沒有見過大海。燕巢是臺灣泥火山密度最高的地方，盛產芭樂、西施柚和蜜棗，她在這樣的環境中愛上了大自然，也選擇了生物研究的道路。她成績優異，被系主任諸教授留在身邊當助教許多年，對我們而言，她是個宅心仁厚、非常溫柔的大姊姊。

當時的我，是個叛逆、傲慢的學生，曾經在課堂上舉手挑釁諸老師，諸老師要我上臺繼續講課。後來在大四的遺傳課上，因為報告事件，諸老師要當掉我。還好潘玉華替我據理力爭，讓我勉強以A的等級過關。我一直以為諸老師很討厭我，結果，在陽明醫學院只有一個缺的助教甄選中，諸老師圈選了我。

我在和這對科學家夫妻的座談中，公開說了這個改變我的命運的故事，並且在那樣的公開場合，親口向潘老師和諸老師說聲謝謝。潘老師笑著說，她完全不記得這些事情了，但是她從小也很喜歡文學，常常閱讀我寫的書，藉以回憶那段青春的歲月，懷念故鄉。她說，她至今都捨不得丟棄年輕時追求她的男生們寫給她的情書，跟著她飄洋過海，一次又一次搬家。真是來自南臺灣山上的純情女孩。

我有一種失去父親般的落寞

告別時的眼神

那天我忽然接到一通中影同事蕭的電話，我立刻有一種直覺，她是要來告訴我關於明驥，明老總的病情的。

果然，她說醫師已經通知了明老總的女兒，說他血液裡的白血球太高，隨時都會昏迷，隨時都會走。瞬間，窗外的天空由亮麗轉為陰沉，我想晚上一定得去一趟醫院。我在想，明總是否還記得今年正好是「臺灣新電影三十週年」？

我記得。因為我已經接到好幾個關於這個紀念日的活動邀約了，海峽兩岸都有人在撰寫相關的書籍。當臺灣電影從死亡的幽谷再度復興時，也正是我們向那段盡情燃燒的青春歲月告別的時機。但是，我卻還沒準備好要與他老人家告別。上個月我們一群人去醫院探病時，還說好要給他好好過個九十大壽的。大家好久不見，爭著講話像麻雀一樣吵個不停，我們簡直情同手足。我們常常是因為他的召喚而相聚，他是我們的革命導師，也是我們心中的紅太陽。他的人生充滿戰鬥的氣息，我們都很依賴他，也不想他和輕易說再見。

到了醫院，我與他「永遠的秘書」夏和「永遠的公關」蕭，直接進了五樓的病房，靜悄悄的病房裡，女兒正好離開，只有菲傭陪伴著他。我們探了一個頭去看看他，消瘦的他，獨自一個人，穿著病房的衣服坐在輪椅上，捧著一碗熱湯在喝，對於我們三個人的突然造訪有些錯愕。他只想讓我們看到容光煥發的他，不願意讓我們見到他疲倦的病容，因爲他一直以來都是聲音宏亮、揮舞著手勢的革命導師，革命導師怎麼可以有疲倦的時候。前一陣子，他甚至婉拒所有的探病者。

我們各自忍著快要溢出眼眶的淚水，強顏歡笑的說了些語無倫次的話，偏偏因爲彼此都戴著口罩，彼此的眼神都躲不過對方的敏銳觀察。他的眼中有一絲絲淚光，但他忍著，只說化療好不舒服，也吩咐我不要接太多工作。他一直凝視著我，有一種無奈和不捨，彷彿想多看幾眼，或許他有預感，我們這樣對望的機會不多了。

我也一直望著他。他這樣的哀傷的眼神，我曾經見過。

那年夏天

一九八四年的夏天，同樣是在醫院，他同樣是坐在輪椅上，只有我們兩個人，眞的就像一對父子般。他幽幽地告訴我，他已經被上級告知要離開中影了。他將被迫離開他人生中最重要的戰場。他用一種無奈和不捨的眼神望著我：「你還年輕，要留要走，你自己決定。我只能說，保重了。」

是的，就是在二十八年前，他坐在輪椅上，用同樣無奈又擔心的眼神望著我，正式向我告別。雖然他有千萬個不甘心，雖然他壯志未酬。許多年之後，當我們重新看清這段不為太多人知道的歷史時才發現，像明驥這樣耿介的人，早晚都是要被調離那個重要的位子的。只是沒想到，他被調離開時，竟然是他正為臺灣電影寫下歷史的關鍵時刻。因爲我清楚知道，這是臺灣新電影是否能繼續下去的重要時間點，我願意再爲此付出一段青春歲月。

所以明老總離開中影後，我選擇留在中影，繼續工作了四年半。在這段時間，侯孝賢在中影拍出了更上層樓的《童年往事》和《戀戀風塵》，楊德昌也交出了比《海灘的一天》更成熟的《恐怖份子》，張毅更是將後期的三部作品《我這樣過了一生》《我兒漢生》《我的愛》都給了中影。柯一正的《我們都是這樣長大的》，陳坤厚的《桂花巷》，王童的《稻草人》，李祐寧的《父子關係》都是叫好又叫座的經典電影，我們也拿下了每一年的金馬獎最佳影片。另外也繼續了許多培養新導演的計畫，辦了一本凝聚更多年輕學者論述的《長鏡頭雜誌》。

我們沒有辜負明驥老總那無奈又擔心的眼神，因爲明老總已經打開了禁閉已久的那道水門，潮流向前狂奔，無人能擋。電影史將這一切都歸功於明老總當年那種無懼無畏的大魄力。

我們還在戰鬥，沒有時間流淚

二十八年後，當他坐在輪椅上，用同樣的眼神無奈又不捨地凝望著我時，我知道這次的告別和二十八年前不同。這次可能是永別了。我抱著最後一次見面的心情回到家裡，深夜回憶著如煙如夢般遙遠的往事，淚如雨下，持續了三天。

過了四天，我又去醫院看他，醫院裡圍著幾個從美國趕回臺灣的家人，我心裡明白是怎麼一回事，但我還是得裝作若無其事的樣子。明老總的精神還不錯，坐起來喝著營養素，吃著餅乾，見到我的第一件事，竟然是氣我拒絕一個研究單位關於「新電影回顧」的座談邀約，他說對方也找他去做演講。他生氣的說：「你看我，我怎麼去？」我只好低著頭挨他罵。此刻我多麼想聽他罵我的聲音，越大聲越好，越兇越好。

「你去替我講。」明老總像過去一樣，對我下達命令：「你去好好地講，把我的系統好好講給大家聽。」「是的。是的。」我點著頭。想起過去他也常常提出一些拍電影的構想要我們去發展，我們往往陽奉陰違。後來每次聚餐，他都會很遺憾地說：「我要你們想兒子國中三年級，還有女人永遠三十八，你們都不理我。你看看，我這個總經理怎麼當的？你們這些小孩子！」

是的，我們在他的心目中永遠是頑皮又不聽話，但是做起事來還算很拚命的一群小孩子。他有一次對我和吳念眞做的事情非常生氣，氣到把眼鏡摔在桌上，對夏秘書說：

「叫他們兩個人上來！難道我連生氣都不敢？」結果我和吳念眞上到樓上總經理辦公室，他卻笑臉相迎，噓寒問暖問候說：「你們都還好嗎？要保重身體啊。」一旁的夏秘書掩嘴偷笑。

我多麼希望此刻這一幕只是他生了一場小病，我去探望他，向他報告電影上片時的賣座情況。我多麼希望他是在生我的氣，罵我不聽他的指示，自己偷偷的改變了拍片計畫。他罵得越大聲我越高興。但我知道不是，這可能是他最後一次和我說話了。又過了幾天，吳念眞從國外回來，直奔醫院去看明總，看完後打了一通電話給我說：「明老總說話的聲音雖然很微弱，但是我覺得他的生命很堅韌，不會那麼快走。」

兩個星期後，接到明老總離去的消息，他最後對圍在身邊的兒女說：「我這一生清清白白，正正當當。」他走的那一刻，窗外的風是靜止的，大雨也忽然停了。我沒有哭，因爲我忽然想到「老兵不死」這四個字。

一個曾經帶著他的子弟兵，在槍林彈雨中衝鋒陷陣的將軍走了，但是他的子弟兵們還在人生的戰場上，守著最後的碉堡。四周砲聲隆隆，他們還在戰鬥，沒有時間流淚。

當我靜靜地站在金華山明老總的墓園旁，望著遠方小小的金山草里漁港和一望無垠的深藍色大海，有一種失去父親般深深的落寞。

我們都是時間裡的影武者

恍惚中聽到床頭的小鬧鐘響了，很細微但很堅定清晰，那是時間的聲音。

早已經起床的我奔回床頭邊的小桌前，四下張望，找不到那個小鐘，就像我找不到「時間」這個討厭的傢伙一樣。

是的，我早已經起床，因爲我根本沒有睡著。一整夜反覆起來好多次，天就亮了。我無法阻止小鬧鐘那令人不安的鈴聲，因爲我發現小鬧鐘不見了。眞的消失在我的視線範圍內。我越來越慌。「時間」，你到底躲在那裡？

快遲到了。我照例用電話叫車隊的車。才上車，司機便開心的叫我「大導演」。每次有人叫我導演時，我便確定此人並不眞的認識我，只從不同媒體中隱約知道我和電影有一些牽連。就像對著長輩喊「老師」一樣，不容易犯錯。這位年紀與我相近，連名字都與我相仿的司機是一個政治分析師，上次載到我時異常亢奮，甚至到了目的地還故意多繞幾圈，說不必算車資。他向我報告他在政論節目中聽到某些名嘴對我的批評，他想向我澄清一下。我爲了滿足他與我的巧遇，便在路程中向他一一解釋。從此他對我更有興趣了，因爲他見到我本人，一臉老實模樣，一定曾經被奸人陷害。

到了士林中影文化城附近，我下了車，看到連棟的餐廳，我找不到昔日工作時熟悉的地方了。時間啊時間，都是你這個無情無義無血無肉的傢伙害的。

終於，看到一個走進廢墟的入口。剛剛爲了司機無法找零錢，我還曾走進來買罐水找零錢，店長很客氣地對我說，你還會買罐水，謝謝你囉。我已經到了入口，卻又走遠去尋覓，這不是人生常有的景況嗎？其實你已經找到對的入口，偏偏不得其門而入，朝著反方向尋去。

我見到了高高瘦瘦、戴著一頂毛線帽，有點仙風道骨的耿瑜。她永遠一臉笑意，說話緩慢打結。她向我揮手。

今天是這部紀錄片在月底交出A拷貝前最後的拍攝班，整部影片的結構已大致完成。我的工作很輕鬆，只要在看似廢墟，其實各處正在重建的中影文化城的街上和攝影棚來回走動便可，導演和攝影師以我走路的身影、大約的輪廓，或光線反差下的影子補幾個鏡頭。整部紀錄片是企圖透過義大利、法國、美國、日本、中國大陸、香港的電影人的觀點，來回顧發生在三十年前，一九八〇年代的臺灣新電影。

耿瑜是我們那個時代的典型文青，是個很有行動力的小女生。從加入蘭陵劇坊，到跟著侯孝賢拍戀戀風塵，又去了奧美廣告當製片人，年紀輕輕就經歷大戰役。我對她最深刻的印象，便是在西門町的紅樓拍片時，有個燈泡壞了，在場的男生沒有人夠高到可以摘下燈泡。唯一的女生耿瑜走過去，瀟灑輕鬆的取下了燈泡。

我離開電影工作後與兩個老朋友合組了製作公司，正發愁如何去找商機，忽然想到在奧美的耿瑜，她二話不說的丟了三支片子給我們。

我一直記得這個在江湖中很講義氣的小女生。在我去電視公司當總經理時，有個很重要的主管位子一直找不到合適的人。我想起人脈豐沛又有理想性格的耿瑜，就打電話給她，她吞吞吐吐地說，她正在替一個沒有太多經驗的年輕導演找資金拍電影，已經承諾了，不好意思反悔。

她寧可錯失一個有權有錢的位子，過著樸實貧窮的生活，很自在地去完成她認爲重要的事情。之後，只要是她找上了我，再忙再累，我也都是一句話，就像這部紀錄片的拍攝。或許，這便是從舊時代一直來到百花齊放的新時代，對年輕時夢想尚未幻滅的最珍貴的微光吧。這微光並未因爲「時間」這傢伙而被阻絕。

我在陽光下和我的影子一起重溫三十年前的陽光和風，想到了黑澤明那部描寫日本戰國時代的電影《影武者》，此時此刻，忽然覺得自己像武田信玄死後當替身的那個小偷，不斷揮舞著的，只是別人巨大的影子。

就像那個後來在抽屜裡找到的小時鐘。不管它有沒有被找到，時間永遠不會停止，時代永遠向前走，我們永遠只能努力扮演著一名認眞表演的影武者。

殘缺的力量

我的演講通常是即興而隨意，後來乾脆放棄用PPT。有人證實在一場有規畫又有聲光配合的完美演講之後，臺下的觀眾也許只記得那些精美的PPT，反而忘了主講人到底說了什麼。有時主講人出了點差錯，口誤或情緒激動，摔了一跤或是忽然哭了起來，最後聽眾會記得這些因爲失誤所產生的效果。**不完美、脆弱、缺陷往往有意想不到的力量，一種出於眞誠的力量。**

因爲看了吳乙峰導演的紀錄片《秋香》，在之後連續幾場公開演講中，我都用這樣的問題做爲開場：「如果人可以分兩種，你覺得有哪兩種？」我可以藉他們的回答導入原本的核心主題。

在一場以一般市民爲對象的演講中，臺下觀眾皆勇於表達看法。有人說，人可以分即興和規畫，有人說，豐富的和貧乏的、誠實的和撒謊的。還有人說，人可以分今天來聽演講和沒有來的。來聽的人，可能是想多知道一點別人在想什麼，還很願意聆聽別人。我終於可以開始談了——人可以分爲相信自己可以改變世界的，和不相信的。我想談的是臺灣在許多角落無私奉獻的小人物，及最近風起雲湧的公民運動。

面對大學生時我也試著先投石問路，結果陸續回答的是：理性和感性的、熱心的和冷漠的、自私的和替別人想的、領袖和追隨者、主動的和被動的。這場演講，我向學生談的是人與大時代的關係，還有人與作品的關係。我放了兩部臺灣電影大師作品的小片段，要學生判斷這兩位大師的個性和觀看世界的角度。雖然是新聞傳播的學程，我想談的還是人的本質及人生觀，如何透過影像作品顯現出來。

我這些演講的靈感，都來自吳乙峰的最新作品《秋香》。紀錄片中的男主角，一個曾經吸毒犯罪被關的馬來西亞華僑莊如明說，人有兩種，一種是自找麻煩的，像他這樣。另一種人是麻煩來找上她的。他指的是來自雲林、從小就罹患小兒麻痺的妻子沈秋香。

十年前以九二一大地震爲背景，拍了一部創下當時臺灣紀錄片票房最高紀錄的影片《生命》的吳乙峰，在「消失」了十年後，再度拿起攝影機拍了什麼呢？他又還想說什麼呢？比《生命》更沉重、悲傷的故事嗎？

不，正好相反。這次吳乙峰要向觀眾分享的是一種無比動人的力量，一種殘缺的力量，因爲殘缺，反而更努力將愛分享給許多弱勢者，透過這樣的愛讓自己更完整的人。一個在身心靈上完美無比的人，讓我們完全忘記她身體上的一些遺憾，見不到身體上的殘缺。

我們從跟拍鏡頭中，靜靜地看著沈秋香拄著枴杖，緩緩穿過有些陰暗的停車場，她一步步地走向一輛自用小轎車，然後打開車門，坐上駕駛座。她熟練地駕駛著這部改裝過的車子呼嘯而去。

不久之後，你會看到她去接一個朋友。當那個朋友笑嘻嘻地出現在輪椅上時，所有的觀眾都會被他很不一樣的外貌給震懾。那個朋友因爲從小脊椎受了重創，手腳無法正常發育、變了形，乍看之下只有頭部和上身是大人，手和腳都細細的「掛」在身上。他有一個健康活潑的美麗妻子，當初是妻子主動追求他的。妻子笑著說，爸爸哭著問她，難道全世界的男人都死光了嗎？妻子笑得很開朗，她說她就是愛他。

一切是那麼自然。一個身體有殘缺的女人下定決心，遠赴異國去幫助另一群身心障礙的人；一個身體健康的女人深愛著另一個肢體重殘人，還生了兩個活潑可愛的孩子。沒有爲什麼，就是因爲那麼純粹簡單的愛。鏡頭中看不到一絲絲吳乙峰導演的憐憫和同情，更沒有十年前那部《生命》中的悲淒和憤怒。如果這次他有眼淚，那只是一種尊敬和動容，一種覺悟和反省。這眞是太大的轉變。

吳乙峰眞的變了。消失的這十年，他想奮力從重度憂鬱的深淵中爬出來，他不再想撿拾別人的悲情，不再想用自虐來遺忘痛苦，他更想在混亂的情緒中承認自己的軟弱無助。但是，他一直恃才傲物，自以爲強大，絲毫放不下身段。朋友帶他進教會，他坐在後面挖腳趾，不屑那些教義。

直到有一天，一位牧師溫柔地說，如果你是自認內心有殘缺的人，請到前面來，接受聖靈的撫慰。那一刻吳乙峰忽然走向前去，跪倒在臺上，淚流滿面，再也無法停止哭泣。五十歲的他，終於在那一刻變了一個全新的人。他有了信仰。然後他花了三年時間完成了《秋香》。

如果人可以分兩種，一種自認爲完美無缺、天下無敵，不需要任何人的幫助，另一種接受自己有殘缺、很脆弱，需要幫助。請問，你是那一種？

最黑暗的一天，最溫暖的午後

出門前連續接到幾通來自不同媒體的電話，有的要問我對總統監聽立法院院長關說案的看法，有的邀我上節目，談兩大黨的黨主席針對服貿問題展開正式辯論，還有的是談我對日本前首相菅直人訪問臺灣宣揚反核的看法。平時這種電話並不多，可見得這是很不尋常的一天。

媒體用臺灣民主憲政史上最黑暗的一天來形容「這一天」。說來也眞巧，昨天晚上才和兒子一起看了三集美國連續劇《紙牌屋》，講的正是一個老謀深算的國會多數黨領袖與性格軟弱的年輕總統鬥爭的故事。剛發生在臺灣的荒謬事件，正像連續劇才會有的劇情，我竟然一時反應不過來，以爲記者是在說昨天晚上的連續劇。我正要出門去醫院探訪一個老朋友，我眞沒有心情談這些。

這是個大晴天，陽光曬在身上熱燙燙的。我坐上一輛守候在門口的計程車，說了醫院的名字。

一頭銀髮的司機態度相當和善，心情愉快。不久他便打了通電話給他的朋友，告訴朋友說，他終於有時間去探望對方了，說他現在正載著客人要去那家醫院。

「哦？你的朋友也住在那家醫院嗎？」我問他，他說不是，他的朋友是在那裡排班的司機，他們是二十多年前的老同事。他說：「他最近心臟衰竭住院又出院，一直想去探望他，但總是因爲載客到遠處而作罷。」

銀髮司機聊起他們之間的故事。年輕時他們在同一家車行工作，這個朋友是車隊的隊長，也擔任督導司機的工作，因爲個性耿介，凡事依法執行，得罪了不少同事。最後他們相約離開，各自加入不同的車行。這二十多年來，兩人一直保持連繫。

「我們年紀都不小了，只能再做個兩三年吧？」銀髮司機輕輕地笑著，不像是慨嘆，而是接受事實的坦然。

我在醫院待了大約一小時，當我從山上緩緩走下來時，看到花園的木造亭子裡有兩個人，正專心地下著圍棋。我一眼認出那個剛剛載我上山的銀髮司機，他的手在棋盒內不停地抓著白色棋子，發出了不安焦躁的聲音，因爲黑棋正一步步將白棋困在角落。

拿著黑棋的人，有著一頭染黑後又褪了色的頭髮，從臉龐上深陷的皺紋看來，應該比銀髮司機的年紀還大些，同樣都是戰後嬰兒潮的團塊世代吧。雖然都說這個世代的人成長在臺灣經濟起飛的年代，工作創業和累積財富的機會比其他世代都多，但是有更多在社會底層辛苦掙扎的人，到了該退休的年齡還得拚命工作。

望著這兩個難得相見的老朋友，在四棵高大的臺灣梭羅樹下專心地下著圍棋，我忽然有種莫名的感動，竟然興起了一個念頭，暫時留在木造亭子裡看看書，拍拍照，寫點東西。等這兩個老朋友下完這盤棋之後，問他們誰可以載我下山到另一個地點。

暖暖的秋風吹進木造涼亭裡，讓人容易有種寵辱皆忘的錯覺。我欣賞著花園裡那四棵珍貴的臺灣梭羅樹。這種原產於臺灣中南部的原生種植物生長在中低海拔，因爲人類不斷的開發，使得數量銳減到成爲稀有樹種。它們極具韌性，耐風也耐旱，具有深根性，可以增加土壤的貯水量。清明時節開了滿樹白花，引來千萬隻蜜蜂和蝴蝶。經過長期與其他生物的共同演化，它們與生態系中的其他生物共存共榮。

怎樣的環境生出怎樣的植物，怎樣的社會培養出怎樣的人民，我們雖然對臺灣的民主政治失望，但是對人民卻充滿了希望。如果不是因爲堅韌耐苦的民族性，臺灣人怎麼可能一次又一次從被出賣背叛和欺壓中，運用智慧創造了自己獨特的社會和值得驕傲的歷史？

或許這眞的是臺灣民主憲政史上最黑暗的一天，但是我卻擁有一個溫暖的午後，我見到了人與人最眞誠可貴的情誼。

大人在做，孩子在看，這就是教育

這是河堤邊的一所國小，原本黃沙滾滾的棒球場，被工作人員臨時鋪上了大塊大塊的藍白色塑膠布遮住，再放上三千張紅色塑膠椅，成了觀眾席。這一天，紙風車兒童劇團在臺灣各地轉了一大圈後，又回到了臺北。肆虐一天的蒸騰溽氣被漸漸吹起的晚風給吹散了，眞是最適合在戶外看表演的好天氣。

一株被列爲市樹保護的麻六甲合歡，在夜色逐漸降臨之際像是孩子們的守護門神。這種熱帶樹種在臺東的山林中被有計畫地大量種植，因爲生命力強大又長得快，很快就被砍伐賣掉了。如此巨大的麻六甲合歡能存在於都市的校園中眞是罕見，搭配著巨大的舞臺和一流的燈光音響，營造出瑰麗魔幻的童話世界。

我找了張椅子坐下來。我的前面坐了一對小兄弟，哥哥回頭看到我左邊橘色袖口上有一支白色的風車，他露出很景仰羨慕的眼神，於是我立刻向他們秀出右邊黑色袖口上的白色名字，我說我是紙風車兒童劇團的人，等一下我要上臺說話哩。從那一刻起，我和這對小兄弟建立了某種默契與信任。我喊得比他們還大聲，當全場的小朋友跟著臺上的巫婆大喊：「我是一個巫婆，而且是一個有經驗的巫婆。我的名字叫做屋頂！」時，我會故意喊錯，把屋頂喊成了「烏賊」，逗得兩個小兄弟哈哈大笑。小兄弟看到開心處，會忍不住摸起我的膝蓋，我穿短褲，我的膝蓋光滑裸露，小兄弟對待我已經像同年紀的哥兒們了。

二〇一三年年初啓動的「紙風車三六八」和花五年時間完成的「紙風車三一九」，在節目的安排上有一個最大的改變，其中一段表演是依不同的縣市重新編排二十二個在地故事，將每個縣市本身的歷史文化、風土民情，透過有趣的情節和表演，讓孩子們認識自己的家鄉，了解自己的身世。

這樣的改變對劇團而言是最大的挑戰，因爲得日夜排練新編戲碼。坐在我前面的兩個小兄弟，在欣賞臺北的在地故事時，從頭到尾目不轉睛，正襟危坐地盯住舞臺，彷彿上了一堂來自民間非官方觀點的歷史課。從臺北湖、圓山貝塚、平埔族、漢人移民、漳泉械鬥、臺北城、日本殖民、都市規畫、歐洲建築、國府遷臺、二二八悲劇、民主自由的追尋，一直演到此時此刻人民自發的公民運動，包括了反核四。在苗栗演出「在地故事」時，劇團的編導也放進了最近人民抗議拆大埔的照片，全場爆出了掌聲和叫好聲。

吳念眞更換了新的故事〈只想和你接近〉，描述彼此都不擅長用言語表達愛的父子，卻用肢體動作來表達。夜歸的礦工父親回到家，重新調整睡得橫七豎八的孩子們，並且替他們蓋上棉被。其實，孩子們只是假裝睡著，等待父親的溫柔。當父親受傷住院，孩子去探望父親，悄悄替父親剪腳趾甲時，也許父親也是假裝睡著吧？

吳念眞在故事最後提醒孩子們，別忘了趁現在，用力地擁抱一下身邊的親人。這時小兄弟同時回頭望著我笑，他們有點害羞地說，他們的父母坐在很後排。我彎下身，摟了他們一下。

〈海底總動員〉和〈黑光幻想曲〉總是能給孩子們帶來驚呼和讚嘆。歡樂的時光總是那麼短暫，父母親常常對我們表示，從來沒有見過孩子們能如此專注坐著不動兩小時。

戲散了，孩子們排著長龍與戲中的主角們合影留念，父母親也把零錢交給孩子們，要他們親自走向捐款箱把錢投進去，我想那也是一種教育吧，得到和付出，信任和感恩。當孩子們將錢投進捐款箱時，都會看一眼捧著捐款箱的大姊姊，等待大姊姊笑盈盈地說聲謝謝。是的，謝謝，臺灣人最常說的兩個字，謝謝。謝謝天，謝謝地，謝謝這樣的機緣，謝謝大家。大家一起加油，這就是我們的文化。

孩子們漸漸散去，這時起風了。當工作人員將大塊大塊的藍白塑膠布掀起來時，黃沙滾滾，在風中恣意飛舞。是大人用最大的誠意和力氣，創造出這樣一整晚的華麗夢幻，讓孩子們帶著滿足的笑臉離開，讓他們帶著幸福的印象進入甜蜜夢境。

當我在臺上問臺下的孩子們有沒有看過紙風車的表演時，有人喊說看過一百場。原來以爲只是孩子的誇張表達，事後，才知道眞的有這樣的故事。苗栗公館的紀家孩子從未看過兒童劇，在「紙風車三一九」巡迴到他們家鄉後，他們一家四口展開瘋狂的全臺追逐紙風車旅程，女兒七歲生日那天追到雲林看表演，被體貼的團員們發現了，於是找蛋糕和仙女棒爲她過生日，她許願要跟紙風車一百場。四年過去了，當年的孩子們有些已經長成了青少年，聽說「紙風車三六八」又啓動了，他們要繼續追下去。追。追。追。追到天涯海角，甚至離島。

「我知道自己很平庸，能力也很有限。但是我有另一種能力，就是去找可以幫我撐住局面的長輩和朋友。有他們的支撐，我就敢放膽奮力一搏。而我的人生就發揮自己這一點點能力，造福孩子，當然很快樂。」

李永豐在長輩前面，說著謙卑的話語，八十歲老頑童鄭明進老師則語重心長地說，做給孩子們看的東西一定要非常小心啊，每個小細節都要照顧到。孩子的眼睛是雪亮的，是能穿透的。大人在做，孩子在看，這就是教育啊。

你們很了不起。這是鄭明進老師的結論。李永豐抬起了下巴，不再謙卑。

隨波逐流時的浮木和陽光

車子穿過雪隧，連咖啡都還沒喝一口，礁溪便到了。咖啡冷了，我沒有帶下車，冷了的咖啡如同逝去的歲月，讓它留在車上，在雨中隨車而去。

礁溪飄著冷冷的細雨。我下車，撐開雨傘，四下張望，確定詩人尚未出現。三十八年前，詩人還只是淡江大學歷史系三年級的學生，他寫了一封充滿詩意的邀請函，希望我去淡江做一場演講。當時他約到剛好回臺灣的《未央歌》作者鹿橋，他說如果我答應去，正好可以反映兩個不同世代的大學生活。他在信上這樣寫著：「這裡，風月的臉最宜傾向憧憬，這裡葫蘆裡盛著好酒，這裡的心態需要激發！」

那是我人生中第一場演講邀約，所以印象深刻，從那一刻起，我開始站上演講臺，想用自己的熱情鼓舞別人的熱忱。我一直以為自己對著這個世界很重要。事實呢？

他終於出現在街對面，拉下車窗向我招手，隔著穿梭而過的車流，隔著冷冷的雨。就這樣的互看一眼，三十八年歲月如同一杯冷掉的咖啡，消逝的是原有的熱度和香味。

滿頭銀髮的詩人把車駛離市區，車子往一座海拔四百多公尺的山上駛去，一路上盡是溼溼的雲雨煙霧，和三十八年前的冬天，那種三十三重天外、露冷霜濃的細雨有點相似。就在這樣短短的山路間，我迫不及待詢問詩人離開大學之後的人生旅程。

他很自然地走上文學創作之路，報導文學作品得過獎，主編過文學評論雜誌和報紙，還當了出版社的老闆。這期間他曾經一度從熱血的文藝青年，成了報效黨國的愛國中年，很想要救國救民。不過這些年，他的專業竟然是未來投資學，他結交的朋友從文化界跨到了商界。應該早就不寫詩了？我猜。他的眼神裡流露著一種看盡人世悲涼和荒蕪的平靜。他再也不可能是當初那個在雨中穿梭，一頂小瓜皮帽走天涯的瀟灑文藝青年了。是的。三十八年了。

當年才離開大學半年的我，第一次在淡江大學站上舞臺宣揚生命理念，從萬頭竄動等待演講的人潮中勉強擠上了舞臺，還差點被主持人趕下臺，只因爲我看起來太年輕。

當時我的中篇小說正在中央日報副刊連載，大家都對我這個神秘的青年作家有所期待和想像，應該是長得英挺、身材修長，細框金邊眼鏡，披一條白色圍巾，說起話來輕輕的，充滿詩意和哲理。但是大家等到的是一個掛著粗框眼鏡，白襯衫、黃卡其布褲子，瘦瘦矮矮的國中實習老師。那是一個臺灣對外風雨飄搖、對內鼓勵忠黨愛國思想的戒嚴時代，我談理想、說未來，從歷史文化談到國家。我談更多的是年輕人、愛情和嚮往。三十八年前的年輕人，如今已經六十上下了。

那場演講之後，詩人老友安排我在山腳下一幢出租給大學生的公寓過夜，我睡在一間女生的房間。我隨手翻了書架上的書，有一本《此情何時了》，其中一句話是這樣寫的：「Some days should be held over by popular demand.」

三十八年的歲月，讓我想出這句話的翻譯，只有四個字：「隨波逐流」。不要老是以爲自己可以成爲中流砥柱、力挽狂瀾，能在隨波逐流中冒出頭來呼吸，隨時保持清醒，已經難能可貴。能順著水勢而登上浪頭的人畢竟少之又少。女兒曾經給我一句誠懇的忠告，她說，**太怕失去自己在世界上的重要性，不如去體會、衡量世界上各種人事物對你的重要性在哪裡**。或許這就是在隨波逐流的人生中，尋找浮木和陽光的意思吧？

詩人曾經殷切叮嚀我，一定要再來。這次我眞的來了。兩次的會面，正是我人生旅程中相似的「雲雨煙霧時期」，像莫內畫倫敦的大霧，有種神秘的絕美光影。

演講結束後，連龜山島都來不及看一眼便匆匆離去。下山途中，詩人老友告訴我，他現在迷上對小花小草的辨識，用很專業的態度將採集分類成果放在臉書上。

莫內晚年不也是迷戀上小花小草，源源不絕地畫出許多充滿狂放姿勢和優雅野趣的花草作品？原來三十八年來，詩人老友的那顆詩心還在！這算不算是人生隨波逐流時的浮木和陽光？我懷著淡淡喜悅的心情，回到了陰霾的城市。

我把你當朋友，你把我當粉絲

某年某月某一天的某一個深夜，我獨自一個人坐在電腦前毫無睡意。或許是黃昏時多喝了兩杯耶加雪菲，或許是白天搭高鐵，大老遠去參加一個其實可以不必躬逢其盛的活動，有些懊惱、有點累，我的人生常常這樣，會做出「錯誤」的判斷，因爲我很情緒化。

總之，我是在沒有任何心理準備、目的和計畫下，一步步按照著電腦上的指示，建立了臉書。

十多年前在經營網路部落格的朋友爲了宣傳而拜託下，我也曾經這樣被動的建立起我的部落格，結交了一批志同道合的年輕網友。

這回我沒有用筆名，我用了很少人知道的本名。潛意識裡，也許我不想再用那個已經使用滿四十年的筆名玩臉書，只想與少數的熟朋友分享一些生活感想。我並不打算「經營」粉絲頁，我厭煩了一切事務都要靠有計畫的經營。我厭煩行銷自己。

其實我並沒有想得很清楚，我爲什麼要有臉書？我的人生經常如此，種黃瓜卻開了滿山的紅花。一個從事網路工作的朋友就很清楚地告訴我說，他不用臉書，因爲平常已經有太多人設法找到他，要求做這做那的，開了臉書豈不是自找麻煩？我不清楚自己爲什麼要有臉書，我只是有點好奇，會發生什麼事情？過去許多事情都是這樣忽然開始的。

我找到一張非常珍貴的黑白照片，是我就讀高中時參加三千公尺賽跑，向鼓掌的群眾們含笑揮手的照片，總覺得那張照片似乎反映了我一路費力跑過來的人生。那次我從跑最後一名到逆轉勝，最後衝線時兩腿抽筋撲倒在終點線上，無法上臺領獎，頗有點悲劇英雄的感覺。

我貼上了這張照片，並且寫上第一篇留言：「我找到了這張照片，於是我上來了……我又回到生命起初的那一刻，想和朋友分享。」

大約一星期後，我收到臉書給我的通知，說有人檢舉我亂發交友信，封鎖我再繼續發交友邀請了。這是多麼糗的事情啊！好像才剛剛想和同儕一起玩個遊戲，卻被大家喊：「犯規！」眞是掃興。

回想一下前面的步驟，其中有一項是電腦曾經問我：「是否要邀請所有曾經與你用電子信箱通過信的人？」我一定是隨手按了「是」。偏偏與我用電子信箱通信的人裡面，有百分之九十九是因爲工作的關係，有時只通過一封信，有些我甚至沒有回過信，他們大部分只知道我的筆名。他們大多是來聯絡要我參加活動，或是希望我爲他們做些什麼事情的人。當他們收到一個在跑步的高中生的照片，又是我的本名，於是就檢舉了我。

換言之，這些經常出現在我的信箱要求我做這做那的人，當然不會是我的「朋友」。他們只是需要我花了四十年所創造出來的那個作家來替他們做些什麼。

之後，我就有一搭沒一搭的傳些照片，大部分上傳失敗，有時候傳成功，就一口氣連傳好多張，覺得很亢奮。

我不知道我的臉書朋友到底是誰，因爲很多都是用英文拼出來的名字，而且有很多照片上都沒有臉，或是一隻狗、一朵花、一片雲，這讓我想起「狗臉的歲月」「你是我的花朵」「我是一片雲」這些電影和歌名。我常常望著臉書，想著那首蔡琴的歌：「某年某月的某一天，就像一張破碎的臉，難以開口道再見，就讓一切走遠……」

漸漸的，臉書會主動推薦一些我可能認識的人，也開始有人上來要求與我做朋友，我盡量來者不拒地接受了，於是臉書上的朋友漸漸多了起來，幾個月後終於達到上限五千人。到達上限後，許多原本認識的人卻漸漸冒出來問說，可不可以交換臉書？我想原來的五千人裡面，應該是有很多完全與我沒有互動的人吧？我應該將這些名額讓出來給眞正認識的朋友才對啊。

某年某月某一天的某個深夜，我開始慢慢刪除那些瘋狂撲向我的「朋友們」，那些只想與我進行「某些交易」的人。

瘋狂的購物團體、瘋狂的直銷業者、瘋狂的連我也搞不清楚他們要幹什麼的人，當然還有曖昧的色情業者。到了後來，又出現了一些我最好不要認識的宣洩者和謾罵者。**他們不認識我，我也不認識他們，我把他們當成朋友，他們反過來把我當粉絲來經營。**每刪除一個，就多出一個機會加入新的朋友，這時候我就非常非常謹慎地到對方的臉書上查看一番，做出最後的判斷，大約每五十位要求做朋友的人只能挑一人。這麼嚴格地挑選朋友，終於，有點像是在玩臉書了。

朋友說，你早就該經營粉絲頁了，這樣玩下去挺花時間的。我說算了，當初是怎麼開始的，就怎麼玩下去，最好不要帶有目的，一切自然發展。

我的人生一直是這樣的，並不知道自己要什麼，沒有規畫、沒有經營，種黃瓜卻開了滿山的紅花。不過現在的我越活越自在，而且也漸漸清楚自己要什麼、不要什麼了。這樣簡單的道路，我竟然走了一甲子。

現在，我的臉書也終於有了自己獨特的風格了。

高中校運

國家圖書館出版品預行編目資料

誰幫我們撐住天空 / 小野著. -- 初版. -- 臺北市：究竟，2014.07
256 面；14.8×20.8公分 --（第一本；70）

ISBN 978-986-137-188-7（平裝）

855　　103009475

The Eurasian Publishing Group
圓神出版事業機構
究竟出版社
Athena Press

http://www.booklife.com.tw　　inquiries@mail.eurasian.com.tw

第一本 070

誰幫我們撐住天空

作　　者／小　野
發 行 人／簡志忠
出 版 者／究竟出版社股份有限公司
地　　址／臺北市南京東路四段50號6樓之1
電　　話／（02）2579-6600 · 2579-8800 · 2570-3939
傳　　真／（02）2579-0338 · 2577-3220 · 2570-3636
郵撥帳號／ 19423061　究竟出版社股份有限公司
總 編 輯／陳秋月
專案企劃／賴真真
主　　編／王妙玉
責任編輯／王妙玉
美術編輯／劉鳳剛
行銷企畫／吳幸芳 · 張鳳儀
印務統籌／林永潔
監　　印／高榮祥
校　　對／小　野 · 林雅萩
排　　版／莊寶鈴
經 銷 商／叩應股份有限公司
法律顧問／圓神出版事業機構法律顧問　蕭雄淋律師
印　　刷／祥峯印刷廠
2014年7月　初版

本書特別感謝林政億攝影師提供第068-069、078-079、092、173、180-183頁攝影作品。

定價 290 元　　ISBN 978-986-137-188-7

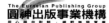